名もなきシンデレラの秘密

ケイトリン・クルーズ 作

児玉みずうみ 訳

ハーレクイン・ロマンス

東京・ロンドン・トロント・パリ・ニューヨーク・アムステルダム
ハンブルク・ストックホルム・ミラノ・シドニー・マドリッド・ワルシャワ
ブダペスト・リオデジャネイロ・ルクセンブルク・フリブール・ムンバイ

HER VENETIAN SECRET

by Caitlin Crews

Published by Harlequin Japan, a Division of K.K. HarperCollins Japan, 2024

ケイトリン・クルーズ

ニューヨークシティ近郊で育つ。12 歳のときに読んだ、海賊が主人公の物語がきっかけでロマンス小説に傾倒しはじめた。10 代で初めて訪れたロンドンにたちまち恋をし、その後は世界各地を旅して回った。プラハやアテネ、ローマ、ハワイなど、エキゾチックな地を舞台に描きたいと語る。

主要登場人物

ベアトリス・メアリー・ヒギンボサム……アヴレル・アカデミー校長。
チェーザレ・キアヴァリ……国際的複合企業のCEO。
マッテア・デスコトー……チェーザレの異父妹。
マリエル……チェーザレの花嫁候補。
ミセス・モース……キアヴァリ家の家政婦。
アメリア……キアヴァリ家のメイド。

1

冷酷非情なチェーザレ・キアヴァリにノーと言ったと語る者は、生きている人間の中で一人もいない。しかし噂（うわさ）によれば、ベアトリス・メアリー・ヒギンボサム校長は別だったらしい。

「申し訳ありませんが」彼女はイギリスのアヴレル・アカデミーという、素行の悪い資産家令嬢たちが入れられる並はずれて学費の高い私立学校の、もうすぐ使えなくなるオフィスに現れたチェーザレ・キアヴァリの代理人に言った。まったく申し訳ないとは思っていなくても生徒の親や後見人、後援者にそう見せる技術には長（た）けていた。「家庭教師にはまったく興味がありません」

誰の家庭教師もごめんだけれど、特に十五歳のマッテア・デスコトーの家庭教師はお断りだった。この一年、彼女は校内の有名人だった。理由はどれもほめられた内容ではなかった。

マッテアが一年生で、ベアトリスが校長を務める最後の年だったのは偶然ではないのかもしれない。

いいえ、そんなことはない。ベアトリスはわかっていた。もしそうならいかにも運命的ではあるけれど。彼女は礼儀正しくほほえみ、避けられない口論に備えて身構えた。大富豪やその代理人——つまり今、目の前にいるような人物たちとはそうなりがちだったからだ。

だが、チェーザレ・キアヴァリの代理人は口論などしなかった。彼はベアトリスを言葉で説得せず、彼女の真正面に座ったままメモ帳に鉛筆でかなり高額な数字を書いた。

ベアトリスが反論するたび、代理人はさらにゼロを書き加えた。いったいいつまで続けるつもり？　彼女は思った。相手は際限なく続けそうに見えた。

　しかも提示した金額にはまったく無関心だった。

「これで合意でしょうか？」こんな大金を受け取ったら人生がどれだけ変わるか想像もできず、ベアトリスがゼロの羅列を無言で見つめていると、大富豪の代理人がなめらかな口調で尋ねた。

　別にむずかしい仕事じゃないでしょう、と彼女はありえない数字を見つめて考えこんだ。マッテアは扱いがむずかしい生徒だけれど、生徒は全員そうだし、家庭教師をするのは夏の間だけだ。試験や報告書、生徒の家族や後見人や後援者からの評判といったものに振りまわされることはない。チェーザレ・キアヴァリの厄介な異父妹に問題を起こさせなければいいのだ。代理人が言うには、私はマッテアが新聞沙汰にならず、異父兄のじゃまをしないようにすればいいらしい。大富豪が安心して誰とでも結婚できるために。

　デスクの後ろで、ベアトリスはおなかに手をあてた。この予想外の妊娠こそが職を辞する本当の理由だった。赤ん坊を身ごもった現実にはまだとまどっていたものの、退職したあとを考えて蓄えていたささやかな貯金で子供は育てると決めていた。そしてたぶん、今とは違う学校で教職に就くつもりだった。アヴレル・アカデミーとは違う、淑女の鑑（かがみ）にならずにすむ仕事に。もうすぐ見ず知らずの男性の子供を育てるシングルマザーになるのだから。

　しかし、将来について確かなことは一つもなく、子供を育てる環境を劇的に変えられるチャンスは拒めなかった。

「いつから始めましょうか？」ペンシルスカートの下のおなかに手を押しあて、ベアトリスは大富豪の代理人に尋ねた。こんな服装ではあまり長くごまかせないだろう。この間も女子生徒の一人から〝太った?〟と嫌味っぽくきかれたから。

「二日後、トスカーナのキアヴァリ邸にお迎えします」ベアトリスが承諾しても、代理人は特に満足そうな顔をしなかった。なぜなら、彼にとっては当然の結論だからだ。「あなたの移動手段はこちらですべて用意しますので、ロンドンのこの住所にいらしてください」ゼロが並ぶ金額のすぐ下に、先ほどと同じ迷いのない手つきで住所を書きつける。「トスカーナには朝九時の到着です。夏の海外生活に必要なものをご用意ください。なにか質問があれば、いつでもこちらへ連絡を」

代理人がおそらく彼のものだと思われる携帯電話番号をさらさらと書き、メモ帳から破り取ってベアトリスのつややかなデスクにすべらせた。

「ミスター・キアヴァリは有意義な滞在になることを期待しています」

目の前の紙切れがなければ、ベアトリスはこの出来事を全部自分の妄想だと思ったかもしれない。

というのも教員研修を受けたあと、唯一まともに働いた学校を離れるというのに、想像していたよりもあっさりと終わったからだ。アヴレル・アカデミーには最初は教員として、この六年間は校長として務めてきた。それでも別れを惜しむ教員たちにさよならを告げるのに、あまり時間はかからなかった。理事会から言われたように、彼女たちに退職する理由は告げなかった。学校の校長が未婚で妊娠したと知ったら、生徒たちの道徳的な手本でいる自信を失ってしまうかもしれないから。

外の世界がいつだろうと関係なく、アヴレル・アカデミーの敷地内には中世と同じ時間が流れていた。「〝剣を取る者は剣によって滅びる〟よ」最後に校内を歩きながら、ベアトリスは気丈に自分に言い聞かせた。これまでは模範的なふるまいを心がけてきたけれど、つまずくのもまたふるまいによってだとわかっておくべきだった。物事とはそういうものだ。

その夜、ロンドンのホテルの一室にいたときも、ベアトリスは夢でも見ている気分だった。学校から与えられていた部屋を片づけたあとは、わずかな持ち物をスーツケース三つにつめて運び出した。彼女はベッドに座って、その荷物を眺めていた。

三十代の女性なら中型のスーツケース三つ以上の持ち物があるはずなのに、ベアトリスは違った。両親は彼女が幼いときに亡くなった。後見人も面倒見のいい親戚もいなかったので児童養護施設で育ち、数カ月前まではただひたむきに、誰の力も借りることなく生きてきた。

コヴェント・ガーデンから歩いてすぐのホテルの、整然とした部屋のベッドで、ベアトリスは伸びをした。明日になったらこれからの数カ月、自分の体を隠せるゆったりとした服を買いに行く予定だった。経験から考えて、使用人に気を配る人はあまりいない。特にチェーザレ・キアヴァリほど裕福な人はそうだ。個人的に彼について知る必要はない。必要なのは詮索の目をくぐり抜け、関心を引かずにいることだ。

妊娠するつもりはなかったとはいえ、どれほど生活が一変しても、出産後は我が子を永遠に無条件に心から愛するつもりだ。

始まりは罪のない思いつきだった。卒業間近の生徒たちが行くヴェネツィア旅行に、ベアトリスは引率の一人として参加した。模範的なふるまいと礼儀正しさを身につけた生徒たちは、アヴレル・アカデミーの輝かしい成功例で、旅行はそんな彼女たちへのご褒美だった。教師たちと生徒たちは、静かな運河沿いに並ぶ豪邸の一つに宿泊した。その建物は卒業生の父親が年に一度の旅行のために気前よく提供してくれたもので、生徒たちはヴェネツィアの芸術や音楽、ガラス工芸、歴史に親しんだ。そして最終日の夜は広場に行き、星空の下で夕食をとると豪邸の広大な居間に集まり、〝校長先生を変身させる〟と宣言した。

ベアトリスはいつも生徒たちとの間に一線を引いていた。そうすることが秩序を保つ唯一の方法だからだ。しかしまもなく卒業を迎える模範的な生徒たちとの海外旅行中は、自分にも彼女たちにも少しはめをはずすことを許していた。

今年はマッテア・デスコトーという問題児がいて、大変な年だった。おそらくそのせいで、普段よりも自由を求める気分になっていたのだろう。ベアトリスは生徒たちに下ろした髪をヘアアイロンでカールさせ、顔にクリームやジェルをぬらせるのを許した。かけている眼鏡をはずされて、一度もつけたことのない色の口紅をつけられてもなにも言わなかった。どこから見ても不適切としか言えない、真っ赤なドレスにも袖を通した。

鏡を見ると、そこにはセクシーな別人の自分が映っていた。

〝さあ、先生、最後の一歩を踏み出してください〟生徒たちの中でいちばん勇敢な一人が興奮した顔で言った。〝このまま人前に出ていって、なにが起こるか見てみるんです〟

〝壮大な冒険になりますよ！〟夢見がちな生徒の一人がため息をついた。

〝そんなことはしません〟ベアトリスは即座に答えたものの、顔にはほほえみが浮かんでいた。私が何者なのか誰も知らない、なんの義務も責任もないところで静かにワインを飲むくらいならできるかもしれない。ほんの一時間、見知らぬ別人になれたなら、どんなスパの施術を受けるよりもはるかに心が癒やされるはずだ。

〝私たちが卒業課題に取り組むとき、先生が言ってくれたことを思い出してください〟最初の生徒がけしかけた。〝幸運は勇敢な人のもとにしか訪れないのでしょう？〟

目をメイクで強調した鏡の中の見知らぬ自分を見て、ベアトリスは笑ってうなずいた。〝私は墓穴を掘ってしまったわけね〟

生徒たちからの挑戦を、ベアトリスは贈り物だと考えることにした。暖かな春の夜のヴェネツィアを少し散歩してみよう。運河を眺め、想像力で築かれたようなこの街の神秘を味わい、旅をしているときにいつも感じる喜びを満喫するのだ。

言われたとおりに出かけてもヴェネツィアに知り合いはいないから、私だと気づかれる可能性はない。閉店した店のショーウィンドーに映った自分を見たとき、ベアトリスは確信した。なぜなら、その姿は校長には見えなかったからだ。

生徒たちを先導してサン・マルコ広場をめざした道ではなく、彼女は違う方角へ足を向けた。気の向くままにあっちへ曲がったりこっちへ曲がったりしているうちに、気づくと明るい店内から通りまで客がはみ出している小さなワインバーに近づいていた。

これまでの人生で一度もしたことのない選択をするのが、この風変わりな夜の風変わりな自分にはぴったりだと思った。店内の雰囲気は明るくにぎやかで、ベアトリスは片隅にあるテーブル席に案内された。

のちに、ベアトリスはあの夜あったことを何千回も思い返した。もし予想外の出来事が起こらなければ、私はワインを飲み、一緒に運ばれてきた小皿に盛られた珍味に舌鼓を打っていただろう。そして、これまでとまったく同じ人生を繰り返すために宿泊先へ戻っていた。

おまけに翌日はなにもなかったと安心しつつ、生徒たちになにをしたか話したはずだ。少し大げさな脚色さえしたかもしれない。

けれど、現実は正反対だった。

なにもないどころか、ベアトリスは隣のテーブルに座っていた男性と目が合った。彼は陰りをおびた信じられないほど深い青の瞳をしていた。

今でもまだ信じられない。あのときの私はあまりにも軽率で、無謀だった……。

しかしいくら自分を責めても、ベアトリスはよくわかっていた。あのときは軽率でも、無謀でもなかった。二人の間には笑ってしまうほど強烈な情熱の火花が散っていた。原因はおそらく、男性がベアトリスを見る目のせいだったのだろう。あるいは、彼女がちょっと冒険してみたいと思っていたせいだったのかもしれない。その夜の彼女は笑うのを控えようとはしなかった。二杯目のワインを飲むのも、彼が差し出した蜂蜜のかかったチーズをかじるのも拒まなかった。

その夜の赤いドレスを着た普段とは別人のベアトリスは、なんでも好きなことをするつもりだった。

ダンスができる場所へ行こうと男性が誘ったときも、ヒギンボサム校長としてのベアトリスは断る理由を百個以上も思いついたけれど、別人の彼女は〝ええ〟と答えた。

そして二人は突飛で蒸し暑い場所で踊った。ストリートミュージシャンが夜の運河に向かって美しい音楽を奏でる中、暗い水面の上にアーチを描く橋(ポンテ)の上で体を揺らした。

ベアトリスは魔法でもかけられた気分だった。だから、男性の腕の中にいる自分を美しいと感じていられたに違いない。彼にキスをされたときは体がとろけそうだった。

あまりに自分を美しいと感じていたので、男性が滞在するホテルに連れていかれたときも、彼女は幸せな顔のまま、すんなりと従った。

そこで私は自らをおとしめたのだ、彼とベッドをともにして。ベアトリスはヴェネツィアから帰って以来、自分にそう言い聞かせてきた。

けれど妊娠に気づいた今でも、本当は〝おとしめた〟とは思っていなかった。身ごもった赤ん坊のことを考えるたび、あの夜の魔法を実感していた。

名前さえ知らない男性の子供を宿したことで、ベアトリスは淑女になるためにアヴレル・アカデミーに来る問題児たちと同じになった。あらゆる意味で堕落してしまったのに、生徒たちに道徳的になれと言えるかしら？

ベアトリスはホテルで眠りについた。そしていつもと同じヴェネツィアの夜の夢を見た。

翌日、ベアトリスは夏の間におなかが大きくなっても誰にも気づかれにくいように、体の線がわからない真新しい服を身につけた。さらに次の朝は指定された住所にきちんと出かけ、待っていた車に乗りこんだ。運ばれた飛行場には彼女をキアヴァリ邸へと連れていくプライベートジェットがとまっていた。

ベアトリスはチェーザレ・キアヴァリという人物を評判でしか知らなかった。生徒の保護者には名前をあげきれないほど多くの権力者がいて、その誰もが成長を見守っている少女の不品行を憂慮していたが、チェーザレ・キアヴァリは中でも特に際立っていた。彼の会社が扱う高級品は多岐にわたっており、チョコレートからシルク、建物、スポーツカーに至るまでのあらゆるものに〈キアヴァリ〉の名前を見ることができた。ほかの人々と同じく、ベアトリスも以前から〈キアヴァリ〉というブランド名は知っていた。

昨年の九月に入学してきたマッテアには、無愛想な女性がつき添っていた。その女性は雇い主からの指示をまくしたて、もし学校側が成果を出せない場合はベアトリスに責任を取ってもらうと明言した。

マッテアを淑女にするのは途方もなく困難な仕事

で、ベアトリスは自然にチェーザレ・キアヴァリのことをよく考えるようになっていた。

眼下の眺めは壮観だった。紺碧（こんぺき）の空の下、いくつもあるなだらかな丘がうねり、イトスギの木が列を作って丘を縁取っているさまは、まるでイタリア名画の絵葉書みたいだ。

そして私はこの美しい土地で、とてつもなく反抗的な十五歳の少女とひと夏を過ごす……。

飛行機が着陸態勢に入ったとき、ベアトリスは目を閉じた。海と砂浜がすぐそばに広がる、居心地のいい小さなコテージを頭に思い描く。夏になるとコテージの庭に鮮やかな花が咲き乱れ、寒い冬には暖炉で暖を取るところも想像した。

ベアトリスはこの夏に稼ぐお金を注（つ）ぎこんで、まさにそういう家を買うつもりだった。億万長者やその十五歳の異父妹から遠く離れ、子供を育てるための家を。そのときは料理を勉強しよう。母親がしていたように自分でパンを焼くのだ。児童養護施設にいた間ずっと望んでいた家庭を、我が子には与えてやりたい。

そのためにもトスカーナの美を集めた場所で、数カ月という短い期間の仕事をやり遂げなくては。

飛行機が着陸して、ベアトリスは目を開けた。簡単ではないけれど、あきらめてはだめ。

どんなことであっても、私は投げ出したりしない。

この六年、私はアヴレル・アカデミーをうまく運営してきた。そして多くの少女たちを、彼女たちの家族が望む輝かしい未来へと送り出してきた。生徒たちを導くのはなにより得意だ。そうでなければ、これほど長くアヴレル・アカデミーに勤めつづけられなかっただろう。

相手があの癇（かん）にさわるマッテア・デスコトーであったとしても、ほんの数カ月、たった一人を教え諭すだけなのだ。失敗するわけがないでしょう？

ベアトリスはすっかり自信を取り戻して飛行機を降りた。いつも生徒たちに言っているように、〝鋼鉄の爪先がついたブーツをはく楽観主義者〟となっていた。最初のうち当惑していた生徒たちも、最終的にはぴったりな表現だと認めてくれたものだ。

小さく『サウンド・オブ・ミュージック』の曲をハミングしながら、ベアトリスは待っていたＳＵＶ車に乗った。車は葡萄（ぶどう）畑の海を切り開くように、曲がりくねった小道を進んでいった。道しるべとなりそうな高いイトスギの木々や、あちこちにある赤い瓦屋根が視界を通り過ぎていく。

しかし建物が見えてきたとたん、ベアトリスは畏敬の念に打たれて曲を口ずさむのをやめた。

めざす家であることはすぐにわかった。あれがチエーザレ・キアヴァリの住まいに違いない。なぜなら、それ以外にありえないからだ。初めて訪れる外国で壮大な宮殿を目にしたときのように、彼女は無意識のうちにそう理解していた。

四方に広がる建物は、なだらかな丘の頂上を占めていた。車はオリーブの木立に囲まれた青く輝く湖のほとりをゆっくりと走っている。そのすばらしい絵を思わせる光景も建物をいっそう引きたてていて、あまりの美しさに涙が出そうだった。

訪れる人を威圧するために建てられているとわかっても、キアヴァリ邸は見事な芸術作品だった。

なぜか、ベアトリスはヴェネツィアで出会った男性を思い出した。一人でベッドに入るたびに考えていた一夜の恋人のことを。彼女の清廉潔白な生活には縁もゆかりもないものだったから、一夜の恋人という言葉を使うのはとても奇妙な感じがした。

でも、それゆえに私はその言葉が好きなのかもしれない。真っ赤なドレスを着て、腰まである髪を奔放にカールさせた、自分とは別人の女性を連想させるから。

車が巨大な正面玄関の前でとまった。そこには糊(のり)のきいた黒い制服を着た、無表情の女性が二人待っていた。運転手が車を降り、ベアトリス側のドアを開けた。

「ありがとうございます」これまでの人生では優雅に車から降りる方法を学んでこなかったものの、彼女はできるだけ威厳を保ってそろそろと降りた。「仰々しく出迎えていただく必要はなかったんですのに。私は使用人用の入口でじゅうぶんです」

「ご主人さまの命令ですので」二人の女性のうち、年配の女性が言った。彼女は斧(おの)みたいな顔をしていて、その刃はまっすぐこちらに向いていた。

ベアトリスはほほえんだ。怖いとは思わなかった。

「そうだとしても」彼女は穏やかに言った。「今はヴィクトリア朝時代ではありませんし、私は苦境に陥って礼儀作法もなにもない場所に投げこまれた貴婦人ではありません。私は教育者として自分の仕事に誇りを持っていますから、特別扱いは結構です」

年配の女性が鼻を鳴らした。隣にいた若い女性は無表情を続けられなかったらしく、年配の女性が使用人用の出入口のほうへ向かうと満面に笑みを浮かべた。

「彼女も楽になったと思います」若い女性が目を輝かせて言った。「彼女は何日も誰の立場(ステーション)のほうが上だとかいったことで大騒ぎしていましたから」

女性の親しみ深い態度と到着したばかりという事実から、ベアトリスは立場(ステイタス)だと相手の言葉を正さなかった。英語は彼女の母国語ではないからだ。

ベアトリスはほほえんだ。「あなたは私のステーションをよくご存じなのですね。私は滞在中、そのステーションにとどまりたいのです」

こういう大邸宅についてなら少しは知っていた。校長だった間は何度もこのような大邸宅を訪問しては、そこに暮らす学校の後援者や後援者候補と会ってきた。その中には何世代にもわたって続いている家もあった。

　それでも、運転手から三つしかないスーツケースは奪えなかった。ベアトリスはしかたなく、家政婦に違いない年配の女性のあとをついていった。

　この建物の本当のすばらしさに気づいたのは、全員が中へ入ったあとだった。そこにはヴェネツィアで見学した宮殿にも負けない大広間が広がっていた。ダイヤモンドをぶらさげたようないくつものシャンデリアは、言葉では言い表せないほど美しい。部屋は広大であると同時に優美で、複雑なフレスコ画が描かれた天井はとても高かった。

　こんな場所はオペラでしか見たことがない。

　家政婦が使用人用の階段をのぼり、大邸宅の主要な廊下の一つに足を踏み入れた。片方には蔵書室が、もう一方には広いテラスがあるうえに、どこからでも牧歌的で壮観な景色を見渡せた。サロンもあれば、美術品や一流の調度品でうめつくされた陳列室もあるようだ。全員が立ちどまり、家政婦がいちばん奥にある部屋のドアを開ける前から、ベアトリスは目に映るものが信じられずに頭を振っていた。

「ここは名誉あるお客のための部屋みたいですね」

天井の高い部屋の開け放たれた鎧戸（よろいど）からは、インフィニティ・プールやたくさんの格子棚（ラティス）や塔といった、さらに驚くような景色が見えた。

「あなたはキアヴァリ家のお客さまでしょう」家政婦の口調は中立だったが、視線はベアトリスを品定めしていた。

「私の前に王や王妃たちが宿泊したはずの場所で休めるなんて、長く記憶に残る経験になりそうです」ベアトリスは一語一語を意識しつつ口にした。若い女性がまたにっこりした。「でも私がここにいる目的を考えると、使用人用の部屋以外に滞在するのは適切ではないでしょう。そう思いませんか？」

またしても年配の女性はなにも言わなかったものの、ベアトリスは若い女性のほうを見なくても、自分がテストに合格したことを理解した。

その点には確信があった。自分の立場をわきまえていると騒ぎながら、用意された贅沢な部屋を使うわけにはいかない。

ベアトリスは贅沢を嫌っているわけではなかった。自分の力で手に入れたものなら大切にしている。そして海辺のコテージは、なによりの贅沢になるだろうと考えていた。

しかし、目の前の贅沢な部屋には関心を持てなかった。「すばらしい大邸宅の、とても美しいスイートルームですね」彼女は年配の女性のあとをついて、もう一度使用人用の階段のほうに戻った。「あれほど豪華なしつらえなら、ご家族の部屋にも近いのでしょうね。この夏の私の仕事を考えると、不向きとしか言えません」

年配の女性が立ちどまったので、ベアトリスと若いメイドも立ちどまった。全員が無言で目を合わせる。

「そのとおりです」数分後、家政婦がどこまでも続く廊下の奥に向かって頭を傾けた。「二つ先の部屋がマッテアお嬢さまの部屋でした」

家政婦とベアトリスはふたたび目を合わせた。

ベアトリスはうなずいた。「あなたが私のために用意してくれたあの部屋は、快適さを求めるもっとふさわしい人のために空けておいたほうがいいと思います」

教え子と親しくなる気はないと失礼にならない方法ではっきりと伝えただけで、家政婦のベアトリスへの評価は上がったらしかった。私のような立場にある者は、教育する相手にどう思われるかなどとは考えない。地位の向上につながると考えている者なら、話は別かもしれないけれど。

ベアトリスは家政婦とメイドに向かって、自分も彼女たちと同じく仕事をするためにキアヴァリ邸に来たのだと宣言したも同じだった。だから使用人が暮らす屋根裏部屋に案内されると、安堵のため息をもらした。そこは無駄なものがなく、整頓が行き届いていて清潔だった。大仰な読書室もなく、まさに実用一辺倒な空間だった。

「どうぞくつろいでください」家政婦が言った。「ミスター・キアヴァリは正午になったら、あなたに会いたいとおっしゃっていました。その時間に大広間に行けば会えるでしょう。ここにいる間、使用人の制服を着ようと考えていますか？」

「いいえ、それは考えていません」ベアトリスは心から残念そうに言った。「めだちたいわけではありませんが、家庭教師としての権限は持っていたいと思っています。私がここへ来たからといって、アヴレル・アカデミーでは絶対に許されなかった指図ができるとマッテアには思わせないほうがいいでしょうから」

「そうですね」年配の女性がうなずいた。「私は家政婦のモースです。ききたいことがあったら、なんでもきいてください」そして姿勢を正すと、部屋を出ていった。

「彼女はあなたに感心していると思いますよ」若いメイドが畏敬の念をこめて口を開いた。「イギリス人の彼女はめったにそんなことをしません。私はアメリアといいます。ミセス・モースから、あなたにここで生活する〝もつ〟を教えてあげなさいと言われたんです」

ベアトリスはまばたきをした。「それを言うなら〝こつ〟じゃないかしら？ 違う？」

「ああ、そうです、こつでした」アメリアがうれしそうにうなずいて背筋を伸ばした。「でもご主人さまを待たせてはいけませんから、今度にしましょう。

キアヴァリ邸は迷いやすいので、大広間まで案内します。私はここで育ったんですよ」

そう言われてもアメリアに全幅の信頼は寄せられなかったものの、ベアトリスはうなずいた。メイドが出ていくと、いつものように手際よく身なりを整えた。この家の主人には興味があった。しかしそれは、マッテアが誰とどういう生活をしてきたのか知りたかったにすぎない。チェーザレ・キアヴァリのような男性の扱いには慣れていた。彼女にはあらゆる国の、あらゆる上流階級の怒りくるった親たちを相手にした経験があった。ただし今いるのは学校ではなく、この先数カ月滞在する先祖代々受け継がれてきた大邸宅だった。

ベアトリスはとかした髪をきつく結い、頭の後ろで小さくまとめた。校長らしく見せれば見せるほど、相手から校長として扱われることは早くから学んでいた。度の入っていない分厚いレンズの眼鏡をかけているのも、ドライヤーでまっすぐにした髪がほつれないようピンでとめているのもそのためだ。時代遅れの服を着ているのもわざとだった。だからこそヴェネツィアで生徒たちは、校長がいつもと正反対の格好をしたことに大喜びしたのだ。

できるなら本当は使用人用の制服を着たかった。そうすれば大邸宅の裕福な住人の目には壁紙と同じに見えるだろうし、自分の体のことを考えればそのほうが好都合だった。使用人なら太ろうが痩せようが、誰も気にしたりしない。こういう大邸宅では使用人の体型の変化にみんな無関心なものだ。

今のベアトリスは校長と使用人の中間のように見せかけなければならなかった。必要なのは校長としての権威と、使用人としての控えめな態度だった。

そんな努力をするのも、これから数カ月の間だけだけれど。

記録的な速さで身だしなみを整えて部屋を出ると、

約束どおりアメリアが待っていた。ベアトリスは屋根裏部屋から下へ向かうアメリアのあとを追った。メイドはイタリア語を交えてあれこれ話をしてくれたものの、適度に聞き流していた。

壮大な大邸宅は本当に美術館そっくりだった。ベアトリスたちは廊下を歩いて、かなり先にあるY字型の大階段をめざした。数階上の大きなガラス張りの天井から降りそそぐ光が、壁を飾る芸術作品をほのかに照らしているところも美術館らしい。

上の階にはキアヴァリ家の先祖たちの肖像画もあるはずだ。お金持ちとはそういうものを描かせるから。しかし今いる階で見た絵画は一族の肖像画でも、歴史的な出来事を描いた絵画でもなく、どれも非凡な作品ばかりだった。美術史の学位がなくてもそのほとんどが有名なのはわかったし、どこかの美術展で見た覚えのある一枚まであった。

アヴレル・アカデミーの壁にかけられていた歴代校長のスケッチ画や写真、装飾品として飾られていたさまざまな時代の校内地図とはまったく違う。

アメリアが急におしゃべりをやめて恥ずかしそうな顔になった。メイドの手ぶりに従って、ベアトリスはY字型の大階段を下りはじめた。

その途中、階段が一つに合わさる踊り場に置かれた大時計が鳴り出した。

Y字型の階段の左側を下りて向きを変えると、視界に男性の姿が飛びこんできた。

一瞬、気絶したようにベアトリスは動けなくなった。

脳裏にヴェネツィアの混雑した小さなワインバーの記憶がよみがえる。

視線を上へ向けると、二人のほかには誰もいないような錯覚に陥った。目の前にいたのは陰りをおびた青の瞳を持つ男性で、彼女をじっと見つめている。彼の顔は厳しくも整っていて、威圧的でありながら芸術品と同じくらい引きつけられた。

ベアトリスはその男性を知っていた。以前には触れたことさえあった。彼は動き出しても芸術品のようだった。

すでに体の一部はとろけそうだったうえ、頭の中も大混乱していたにもかかわらず、彼女は一歩、また一歩と踏み出す足をとめられなかった。そして目を見開いた。震え出した全身にあまりにもよく知っている熱が広がったあと、胸と下腹部にしっかりととどまる。

もし男性の名前を知っていたなら、唇からこぼれていたに違いない。

理解できないことに、ベアトリスは大階段を下りつづけていた。大時計はまだ鳴り響いている。

大時計の針が十二時を指したとき、彼女の足はようやく大広間の大理石の床についた。

ベアトリスは言葉を発しようと口を開いたけれど、男性のいぶかしげなまなざしは変わらなかった。

そこにあの夜のような激しさはなかった。

こんなのは間違っている。意味がわからない――。

「ようこそ、ミス・ヒギンボサム」男性が呼びかけた声は、数カ月たった今でもベアトリスが夢で聞いたとおりだった。その声は彼女の耳元ではかすれ、喉元ではうなるように、脚の間では危険なほど深みのある笑い声に変わったものだった。「あなたがここに来ることに同意してくれてうれしく思っている。すでにお気づきだろうが、妹は手のかかる子だ。どうか私が結婚するまでの間、あの子にはふざけた態度をやめさせてほしい」

どんなに頭を働かせても、ベアトリスは理解できなかった。なぜなら、わけがわからなかったからだ。ひょっとしたら、わかりたくなかっただけなのかもしれない。

しかし理解が追いついたとたん、ベアトリスの中に身震いとともに生まれた熱い欲望は一変した。それは小さく縮んで冷たくなり、まっすぐ彼女の体を突き破って、同じくらい固い大理石の床にぶつかった気がした。

その瞬間、ベアトリスはすべてをいっきに理解した。

こんな現実には耐えられない。

この人がチェーザレ・キアヴァリなのは間違いない。彼は私の新しい雇い主であるだけでなく、ヴェネツィアで出会った男性であり、肌を許した唯一の相手でもある。そして、私のおなかの中にいる子供の父親でもある……。

相手のかすかににじれた、傲慢なほどよそよそしい表情を見て、ベアトリスはさらに悟った。おまけにこの人は私が誰なのか、まったく気づいていない。

2

チェーザレはアヴレル・アカデミーの有名な校長には会ったことがなかった。一年で四つの学校を退学になったあと、マッテアに残された選択肢はアヴレル・アカデミーしかなかった。

〝あんなところ、刑務所と同じじゃない！〟一年前、マッテアにはそう抗議された。

〝アヴレルか、本物の刑務所へ行くかだ〟チェーザレは異父妹にきっぱりと言った。〝よく考えて選びなさい〟

マッテアがアヴレル・アカデミーに一年間在籍するという新記録を打ちたてたため、チェーザレは校長やほかの誰かの責任を問おうとは考えていなかった。学校について考えたのも天文学的な学費を払うときだけで、尋ねられても有名な校長の顔を思い浮かべられなかった。

しかし、この女性はたしかに校長らしく見えるとチェーザレは思った。どこを取ってもまさに校長そのものだ。髪は黒く、引っつめられて頭に張りついており、後ろで小さくまとめられていた。大きな眼鏡をかけているので顔の輪郭はよくわからないが、光のいたずらのせいか肌はきれいだ。みずみずしいと言ってもいいかもしれない。

女性のほかの部分に目をやるにつれ、チェーザレはそんなふうに感じた自分を否定した。相手の職業や、マッテアが彼女についてまるで『オズの魔法使い』に出てくる西の悪い魔女だというように文句を言っていたことを考えると、予想していたほど野暮ったいとは思わなかった。少なくとも、老人性のいぼくらいはあると予想していたのだが。

ところが、目の前の女性は想像していたよりもかなり若かった。その事実が妙に引っかかるのはおかしいのでは？　いや、そんなことはない。当然の反応だ。

家庭教師についてほかにすぐ目につくといえば、ずいぶんふっくらしていることだ。しかも焦茶色の服を着ているので、ふくろうにしか見えない。

こちらを見つめる彼女は、まさにふくろうそっくりだった。体はまるみをおびているにもかかわらず、なぜか背筋は鋼鉄並みにまっすぐだった。

ミス・ヒギンボサムはまだチェーザレを凝視していた。にこりともしないその顔はまるで彼を値踏みし、なにか足りないと言わんばかりだ。

めずらしいことだが、彼はその点も気に入った。一族の資産を守るための面倒な、しかし必要な仕事に取りかかっている間、マッテアをおとなしくさせておくために彼女は絶対不可欠な存在だった。

「あなたの妹はどこにいるのですか?」尋ねる口調には気になるところがあった。不快だったわけではない。声そのものに、チェーザレは反応していた。

いや、これは反発だ。彼は自分にそう言い聞かせた。当然だろう。初めて会う相手から敬意も畏れもこもらない言葉をかけられたのは本当に久しぶりだった。雇っている人間からも。

僕を神も同じだと考えない人がいるのはいいことなのだろう。だが、慣れるまでには少し時間がかかりそうだ。

十五歳の、日々無礼な態度に磨きをかけている異父妹がいるならなおさらだろう。

「妹はまだ眠っていると思う」淡々と答えるのにわずかに苦労した自分に、チェーザレは驚いた。まるで重要な交渉をしているようだが、これは違う。普段の僕は新しい使用人を迎えるのを面倒に思いはしない。今回その役目を有能なミセス・モースに任せたのは、マッテアがアヴレル・アカデミーに入ると同時に家庭教師が辞めたので、家政婦の彼女が代わりを務めていたからだ。

ミス・ヒギンボサムは変わらず落ち着いた態度でチェーザレを見つめていた。「マッテアの日々の過ごし方について、指示はありますか?」

「あなたは私の指示を聞くつもりでいるのか?」チェーザレは思わず尋ねた。

「立場上、よくあることですので」彼女がさらりと答えた。普段の彼は想像力が豊かなほうではないのだが。声には想像していたよりも快い響きがあった。

「とはいえ、私は自分がいいと思うことをするつもりです。そのほうが全員が幸せになれますから」

チェーザレは、自分のほうが相手の評価の対象にされている気がしていた。

家庭教師と先祖代々受け継がれてきたキアヴァリ邸の大広間にいるだけで、なぜこれほどさまざまな考えをめぐらせてしまうんだ？　説明がつかない。

しかし、チェーザレは頭の中の疑問を無視した。なぜなら説明などできなかったからだ。それにあなたが感情を抑えつけているのはお見通しですよと言わんばかりに、ミス・ヒギンボサムが大きな眼鏡の奥からこちらを見つめつづけているからだ。

心を簡単に読まれているという状況を楽しいとは思えなかった。

「妹の父親は自分のことしか考えないろくでなしで、母親は間違った決断をすることで有名だった」チェーザレは簡潔に伝えた。

「あなたのお母さまがですか？」チェーザレが顔をしかめると、ミス・ヒギンボサムがかすかに口角を上げた。「たしか、マッテアとはお母さまが同じでしたよね？」

彼女には確信があるようだ。そのうえ、僕が自分の母親だとは言わなかったことに気づいてさえいる。

チェーザレは顎の筋肉が引きつるのを感じた。「マッテアは他人と接するとき、必ず癇癪（かんしゃく）を起こすかおかしな行動をとるかする。私はそういう態度を……誰かのまねをしていると考えているんだ」

つまり、異父妹は母親そっくりということだ。だが、チェーザレはそうは言わなかった。そして家庭教師を喜ばせるため、あるいは不快にさせないためにそんな気づかいをした自分に愕然（がくぜん）とした。

「マッテアが他人にどう接するかなら知っています、ミスター・キアヴァリ」

意外なほど強い口調で、ミス・ヒギンボサムがチェーザレに言った。まるでひそかに、しかしどうしようもなく不快な思いをしているというふうな言い方だった。彼女もキアヴァリ家の繁栄を快く思わないおおぜいのうちの一人なのだろうか？　よくある話だが、責めることはできない。莫大（ばくだい）な富を持つ者を嫌う人は必ずいる。どれだけ土地が広く美しくとも、そこが所有地である事実は変わらないからだ。

それでも、自分も含めた富を所有している人々のおかげで生計を立てていられる女性から、反感を抱かれるとは思わなかった。

どうして僕はそんなことを気にしているんだ？

「妹の精神分析はしたくないが……」チェーザレは言葉に説得力があるよう祈りながら口を開いた。「マッテアは、私が結婚すると言うといい顔をしなかった。だから、ますます手がつけられなくなると考えている」

ミス・ヒギンボサムの体が今回ははっきりと硬くなり、驚くほど澄んだはしばみ色がきらりと光った。「変化を受け入れるのはむずかしいものです。孤独な十代であってもなくても」

チェーザレは肩をすくめた。「放っておけば妹はこの家に友人を山ほど呼んで、踊りながら火をつけてまわるに違いない」

彼女はみじんもひるまなかった。「そんなことをしてもマッテアの孤独は癒やされません。癒やされるならとっくにそうしていたはずです。むしろ、そういう悪ふざけは孤独を深めるばかりでしょう」

目の前にいる眼鏡をかけた相手を見つめ、チェーザレは顔をしかめた。なぜ僕は……胸が波立ったのだろう？

その意味もわからない。

「それなら」挑発されたかのように、チェーザレは言った。「ぜひ妹を起こそう。あなたはそうすることをお望みのようだから」

なんとも言いにくい姓を持つ女性は、不思議そうな顔でこちらをじっと見ている。

彼女にはほかの誰にも見えない僕の心の内が見えるのか？　自分でさえ知らない心の内が。

もし僕が今とは違う男だったら、家庭教師を不快に思っただろう。

チェーザレ自身はそう思っていなかった。胸は波立っていたが、単にいらだっているせいにすぎないと自信を持って自分に言い聞かせた。それ以外の理由なら理解したくなかった。

チェーザレはうなずき、ミス・ヒギンボサムに階段をのぼるよう手ぶりで示した。

しかし彼女が従うと、明らかに憤慨しながらも意外にも軽やかに階段をのぼっていく背中に、さらに試されているような錯覚に陥った。

チェーザレはすぐに判断できないものに関心がなく、秩序立ったものを好んだ。だからこそ異父妹や母親はつらい気持ちを彼に伝えるために、騒動を起こすという選択をしたのだろう。

だがふくろうそっくりの女性が、彼を案内するかのように目の前の階段を進んでいく姿は、秩序を乱していると思えなかった。

口を開くたびに権威を振りかざすミス・ヒギンボサムが妙に気になるのは、自分に学校の校長とつき合った経験が一度もないせいだろうか、とチェーザレは思った。ここは彼の家なのに、ミス・ヒギンボサムはおかまいなしだった。八歳でイギリスの寄宿学校に送られて以来、チェーザレはそこで出会った教師たちに育てられたも同然だった。遠く離れた寒い土地の雨は骨身にしみ、震えがとまらなかった。

その数年間が僕という人間を形成したのだ。

チェーザレは年老いた父親や気まぐれな母親よりも、いい教師や悪い教師や無関心な教師のほうが好きだった。若いころは冒険を好み、誰にも頼らずに生きている自身に誇りを持っていた。今もその気持ちは変わらなかった。

ほかの男には弱点があるかもしれないが、チェーザレにはなかった。

異父妹にもそうなってほしかった。

マッテアと違って、チェーザレは生まれながらに寄せられる期待に逆らったことがなかった。たとえ特権を振りかざしてみたくても、そんな気持ちになる暇がなかった。

母親は、チェーザレが十八歳になるのを待って別の男性と盛大な結婚式をあげた。もちろん、その行為は思いやりからではない。ヴィットリオ・キアヴァリの妻になるという書類にサインしたときから決めていたことだった。母親がマッテアの父親と別れないのは恐怖が理由だろうと、チェーザレは考えていた。二人の結婚が破綻すれば、世間は家庭にはなんの問題もないとずっと訴えていた彼女を責めるはずだ。

そう考えるほうが自分を責めずにいられた。十八歳の息子より、どうしようもない男の気を引こうと必死になる母親を黙って見ていられた。

重要なのは、キアヴァリ家以外の者が輝かしい一族の莫大な資産を手にすることは決してないという点だ。

父親の死から二年後、チェーザレは十八歳で家督を継いだ。幼いころに家を出されたせいで、早くから両親に見放されたという考えになじんだほうが楽なのに気づいた。つまり、自分の面倒は自分で見ろということだ。大学へ進学する夢もあったが、まったく現実的ではなかった。母親もいなかったのだから。家名のためになにかを犠牲にしたのは初めてではないし、最後でもなかった。

チェーザレはほかのすべての問題に直面したときと同じく、若いうちでよかったと自分に言い聞かせてやり過ごした。

マッテアが同じ目にあわなくてよかったと思うこともあった。ときには、異父妹の無邪気さがうらやましくなったりもした。もしかしたら自分も癇癪を起こしてみたかったのかもしれない。だが甘やかされて育ったマッテアと違い、癇癪を起こしても傷つくのは自分一人だったはずだ。もし異父妹と同じ態度をとっていたら、禿鷹（はげたか）みたいな連中の前で、自分は使命を果たせない役立たずだと証明するはめになっていた。

そして笑い物にされていたに違いない。

チェーザレは決してばかにされる人間にはならないと誓っていた。

まず父親が亡くなり、次に母親が再婚して合法的に離れていった瞬間に、彼は自らの判断に従って生きていくと決めた。動揺したり荒れたりはしなかった。そうしたいという気持ちは胸の内にしまいこみ、好きに生きていけるのはすばらしいのだと信じこんだ。

それからは支配することが習慣となった。

今チェーザレがすべきは、代々続いてきたキアヴァリ家に対する最後の義務を果たすことだった。そうするのを避けていたわけではない。正確には違う。ただ、その前にすべきことがたくさんあったにすぎない。自身の資産を築きながら、一族の資産も増やす必要があったのだ。

チェーザレはその使命を見事に果たし、彼を取りこもうとする禿鷹たちを黙らせた。そして、最後の義務を果たすときがきた。

好むと好まざるとにかかわらず。

キアヴァリ家の当主全員がそうであったように、彼もなにがなんでも自分で立てた計画をやり抜くつもりだった。妻となる女性はどんなことにも従順で、愛想のよい人がいい。必要なら僕が妻を指導して女主人としての役割を教えこみ、実の母親には欠けていた分別を身につけさせる。そして二人でキアヴァリ家の次世代をもうけるのだ。

家族としての義務を果たすとはそういうことだ。

とはいえ数カ月前にヴェネツィアへ行ってから、義務への関心は薄れている。それは僕だけが知っている問題で、誰にも言う必要はない。

なぜ今あの夜のことを考えているのか、チェーザレには理解できなかった。

階段をのぼりきった彼は、雇ったふくろうそっくりの女性の前を進んで家族棟の入口まで案内した。マッテアの部屋はできるだけ自分の部屋から遠い場所にしていた。

チェーザレが結婚すれば長年の伝統に従って、この棟の最上階にある巨大な主寝室へ夫婦で移ることになる。その部屋は昔ながらの間取りになっていて、夫用の寝室と妻用の寝室がかなり離されていた。必要な跡取りが生まれれば、夫婦は思うぞんぶんプライバシーを保てるというわけだ。

妻用の寝室は子供部屋の真上にあり、専用の階段で行き来ができた。チェーザレはいつもその構造をおもしろいと思っていた。母親が妻用の寝室にいたのを見た覚えは一度もない。そして、彼自身も子供部屋を使った記憶はなかった。

チェーザレが小さいころから母親はやさしい人ではなく、大きくなってからは意図的に息子を苦しめる存在だった。したがってその問題に関しては決して心を乱されないと誓っていた。そんなことをしてもなにも変わらない。

加えて、異父妹の前では母親について口にしないようにしていた。

「結婚式の日取りはいつなのですか？」ふくろうそっくりの女性が隣で尋ねた。二人は家族が増えたころに造られた部屋をめざして歩いていた。だが彼の記憶では、子供よりも互いが好きだった両親のための部屋のはずだった。

「八月ごろになると思う」チェーザレは答えた。

彼は、今隣を歩いている女性がまるで自分と対等であるような、実際よりも背が高いような錯覚に陥っていた。

不思議な話だが、おそらく彼女の威厳に満ちた雰囲気のせいだろう。無礼を承知で言うなら、あれほどふくよかな女性はもっと背が高くていいと思っているのかもしれない。

ミス・ヒギンボサムが同情のこもった声をあげても、チェーザレは信じられなかった。「日時を決めるのはむずかしいですものね」

「日時は問題ではない」彼は言い訳をしなければならないという極めてめずらしい心境になっていた。しかし、気にはならなかった。「プロポーズをまだしていないんだ」

「なるほど」

ちらりと横を見て、大きな眼鏡をかけた顔に浮かぶ表情に眉を上げる。「ミス・ヒギンボサム、またあなたの気に入らないことを言ってしまったかな？」

「とんでもない、ミスター・キアヴァリ」やはり、彼女の名前の呼び方には引っかかるものがあった。なんというか……ほとんど嫉妬に聞こえる響きがある。チェーザレは不快だったが、ミス・ヒギンボサムが否定しているのに、気に入らないことがあるはずと言い張るわけにはいかなかった。そんなまねをするのは偏執じみている。感情的になっていると思われるのはまずい。「結婚式はすでに決まっているのだと思っただけです」

彼は驚いてミス・ヒギンボサムを見つめた。「私のプロポーズを断る人はいない」

その考え自体がばかげていた。

「花嫁は決まっているのですか？　それとも選考会が行われるのですか？」

彼女の愛想のいい表情から心を読み取ることはできなかった。それでもチェーザレはばかにされている気がしてならなかった。

彼はそんな仕打ちにも慣れていなかった。いや、僕が勘違いしている可能性はじゅうぶんにある。

「私の個人的なことに関心を持ってくれて感謝する」チェーザレは丁寧だが凍りつくような口調で言った。当然ながらミス・ヒギンボサムにまったく動じたようすはなく、奥歯を噛みしめて続けた。「約束するよ、夏の終わりには結婚すると。些末な事柄への気づかいは無用だ。あなたに気にしてもらいたいのは妹の関心をきちんとそらしておくことだ。たっぷりと忙しくさせておくか、しっかりとどこかに閉じこめておいてもいい。大事な日やその前に騒動を起こさず、新聞に載らないでいてくれるならうるさいことは言わない」

昨年の夏、十四歳だったマッテアは盗んだフェラーリを運転してローマの有名な噴水にぶつけたうえ、控えめに言えばヨガウエアのような服装で車から出てくると警官から逃げようとした。

「彼女が起こしたくて騒動を起こしているとは思えません」チェーザレの隣でミス・ヒギンボサムが明るくさえ聞こえる声で言った。「つまり、そういう行動の背景には理由があるはずです」

廊下の突きあたりにあるドアの前で少し大仰な仕草で立ちどまり、彼は手を振った。わかりきったことを説明する必要はなかった。これを音楽と呼べるのならだが……。ドアの向こう側からは雷鳴みたいな音楽が鳴り響いていた。これがマッテアの朝の挨拶であり、夜の儀式だった。

「すごくうるさいですね」ミス・ヒギンボサムがそう言って、チェーザレを責めるように舌を小さく鳴らした。なんと大胆な女性だろう。

彼は反応するまいとした。「私の記憶では、妹は家の外では音楽を聴いていないはずだ。こうするのは家にいる者をできるだけ多くいらいらさせるためだろう」

その言葉を聞いて、ミス・ヒギンボサムが考えこんだ。いや、眼鏡がじゃまでよくわからないが、あれはドア枠を見ているのかもしれない。「家にいないときはどこへ行っているのですか？」

「この夏、学校から帰ってきてから数日の間に、マッテアはヨーロッパの五つの都市に出かけようとした」チェーザレは穏やかな声で答えた。「私の地所に侵入した、妹に恋する若者が一緒のときもそうでないときもあったよ。これまでに葡萄栽培に使われるトラックや郵便配達員が乗る自転車、配達用のバン、管理人の四輪バギーが盗まれている。あの子は絶対に歩いて出ていこうとはしない。それは疲れるそうだ。どの場合も、地所を抜け出す前につかまえた」

ミス・ヒギンボサムは特に驚いたようすも見せず、チェーザレはどう解釈すればいいのかわからなかった。僕はこの話をするだけでも腹がたつというのに。

ほんの数日でこんなありさまなのだから。

「よかったではありませんか」ミス・ヒギンボサムが言った。「街に出たあとだと、さがすのに苦労しますから」

「マッテアは全部わかっていてそうしているんだ」チェーザレは肩をすくめた。「妹が本当に求めているのは注目なのだろう」

「では、その注目を彼女に与えようと考えたことはありますか？」

彼は雇って一日とたたない、ふくろうそっくりの女性を見つめた。彼女がここにいるのは異父妹を幸せにするためではない。高額の報酬をもらうためだ。そのことを忘れてもらっては困る。

「ミス・ヒギンボサム、あなたには妹に注意を払っておいてほしい」声に威圧感をにじませつつも、やさしく言った。「そして妹の関心を私や、私が結婚する女性から遠ざけておいてもらいたい。それがあなたのここでの役目だ。わかったかな？」

「とてもよくわかりました」ミス・ヒギンボサムが答えた。

その言い方には無礼な響きも棘もなく、事実を述べただけに聞こえた。

殴りかかられたわけでもなく、チェーザレが顔をしかめて立ち去る理由は一つもなかった。

だが、彼には無礼としか思えなかった。

できるだけ急いで家族棟から離れながら思った。

なぜ僕は逃げている気がしている？

おそらく、ああいう女性と一緒に過ごした覚えがないせいだろう。チェーザレは頭の切れる女性ではなく、ものやわらかで朗らかな女性を好んだ。それに女らしい美しさを魅力と感じ、女性に対しては積極的だった。

しかし、もはやそういうたわむれはできなかった。将来に備えていつもの習慣はあきらめていた。指輪を贈る候補にはなりえないとわかっている女性たちと、ベッドで限りなくすばらしい時間を過ごすのも大好きだったが、妻を持つつもりでいる現在は彼女たちに連絡するのはやめていた。

父親の時代にはチェーザレが計画しているような結婚に誠実さを期待されることはなかっただろうが、今は時代が変わった。だから、少なくとも最初のうちは妻となる女性に誠実でいると決めていた。この夏の間は禁欲を続け、結婚したあとは子供ができるまで妻としか寝ない覚悟だった。

そのあとは夫婦で取り決めをすればいい。二人に合った取り決めを。

だが好きなだけ欲望に溺れられるとしても、ミス・ヒギンボサムみたいにこちらに落ち着きを失わせる女性に近づく気はなかった。

チェーザレは歩みをとめ、頭を振った。そんなことを想像するとは悪魔にでも取りつかれたのか？

いや、落ち着きを失ってなどいない。僕はチェーザレ・キアヴァリだ。雇い主をやりこめて喜ぶ、堅苦しい家庭教師とはすべてにおいて違う。

近づきたいと考えるほうがばかげている。

チェーザレは自分の妻にふさわしいと判断した、由緒正しい家の相続人である、おとなしく愛らしいマリエルのことを無理やり考えた。簡単なことではなかった。

キアヴァリ家の後継者の母親は無垢でなければならない。清らかで貞淑でなければならないのは古い掟があったせいではなく、チェーザレ自身の母親が正反対の女性だったからだ。父親は彼女の美貌と、イタリアで評判になった映画で演じていた役に魅了され、用心を怠った。

だが、父親は決して母親を信用しなかった。

夢中になった女優を妻にすると、ヴィットリオ・キアヴァリは嫉妬深く彼女を監視し、妻が会う男はすべて愛人だと思いこんだ。

タブロイド紙の記事によると、母親はなにもしていなくても浮気をしたとみなされるなら、実際に行動したほうがましだと考えたらしい。

そうして母親は姦淫の罪を犯した。

チェーザレに父親と同じ轍を踏む気はなかった。自分の体に火をつける女性ではなく、家にふさわしい女性を選ぶつもりだった。

ずっと欲望に我を忘れることを避けてきたのは、父親が苦しみ、母親も苦しむ姿を見てきたからだ。

この先僕と妻が冷静で思慮深い大人として、ほかのパートナーを持つと決めたとき、そこに嫉妬はないだろう。二人とも慎重に行動するし、子供たちには決して両親の真実の関係は知らせない。

家同士の結婚は必然的に会社同士の取り決めに近くなる。チェーザレは愛とか喜びとか不快とかいった感情を口にしたいとは思わなかった。妻のことは大切にするつもりだ。そして妻にも夫に対して同じ扱いを期待する。

欲望に取りつかれるなどごめんだった。会社や自分の家でほとんどなにも知らない、知りたいとも思わない女性の行動に頭を悩ませたくはなかった。

チェーザレは異父妹の悪ふざけの対応にじゅうぶんな時間を費やしていた。しかし、マッテアはまだ十五歳だ。僕は異父妹を更生させてみせる。そうすれば、僕の生活にこれ以上の混乱はなくなるだろう。

平穏な日々を送り、繁栄を続ける。それによって十八歳のときからめざしていた完璧な人生を手に入れるのだ。

そのためにも、僕に驚くほど不可解な反応をさせるミス・ヒギンボサムには、家庭教師としてじゅうぶんな働きをしてもらわなくては。

3

ベアトリスは長い間、マッテアの部屋の前から動かなかった。必要以上に長くそうしていたのは、大きなショックを受けていたせいだった。普段はどんなことにも絶対に動じないよう心がけている。

しかし、今の状況は想像のはるか上をいっていた。

その場に凍りついたみたいに立ちつくしながら、ドアの向こうから聞こえてくる音楽が大音量なのに感謝した。自分の速すぎる息づかいがかき消されているおかげで、聞こえないはずの体を駆けめぐる血流の音や、肺を出入りするわずかな空気の音が感じ取れた。

そんなありがたい状況も、途方もない窮地を抜け出す役には立たなかったけれど。

どうしてあの人と会話ができたのかしら？　会うのは初めてだという顔で話しかけてきた〝一夜の恋人〟と。

最初は、相手がなにかのゲームをしているのかと思った。彼は私をさがし出して、この大邸宅へ誘いこんだとか？　そう考えると胸が高鳴ったけれど、彼はそんなことを言わなかった。ヴェネツィアで呼んでいたように、私を〝かわいい人（カーラ）〟と呼びもしなかった。

ベアトリスは今も、チェーザレ・キアヴァリが自分に気づかなかったことが信じられなかった。私はそんなにあのときと姿が違っているのかしら？　着ぐるみかなにかを着ているみたいに？　でも、彼がわからないのはしかたないのかもしれない。もし彼があの夜の出来事を理由に私をトスカーナへ呼びよせたのでないとしたら、ヴェネツィアで出会った女性に再会するなどとは思っていないはずだから。ベアトリスは人々が自分を見るとき、本当の姿を見ているわけではないとよく知っていた。人々が見ているのは校長という地位であり、アヴレル・アカデミーそのものだった。

ベアトリス自身もそれでなんの不満もなかった。

とはいえ、とにかく彼女はチェーザレ・キアヴァリが声や瞳の色や雰囲気で自分に気づくのを待った。けれど会話が続いても気づかない彼を見るうちに、ベアトリスははっきりと悟った。この人は本当に、私が誰なのか全然わかっていない。

私ならたとえ目が見えなくても、耳が聞こえなくても、いつどこにいたとしても彼だとわかる自信があるのに。でも彼が私に気づいたほうが、もっと悪い事態になるのでは？

彼は私がどうにかしてあの夜の男性をさがし出し、ここで会うよう仕組んだと考えるだろう。裕福でない人は、彼とのどんなつながりも利用したいはずだと思っているようだから。

チェーザレ・キアヴァリに金めあての女と決めつけられると想像すると、ベアトリスはぞっとした。

でも今、私はキアヴァリ邸にいる。そしてここから抜け出す方法もわからないまま、彼が誰なのか知っていれば決して巻きこまれなかった問題の渦中に放りこまれている。

インターネットや新聞でよく目にする名前だったから、チェーザレ・キアヴァリがどんな人か知っていると思いこんでいたのだ。今さら気づいても手遅れだけれど。

家庭教師の仕事を依頼されたときに調べておくべきだった。また同じようなことにならないために覚えておこう。

また同じことがあると思うと、ヒステリックな笑いがこみあげてきたものの、ベアトリスはこらえた。

呼吸を整え、考えつづける。

解決策を見つけなくては。

私はおなかの子の父親を見つけた。でも望んでいたようには、いつか彼に会えたらと夢見ていたようにはならなかった。チェーザレ・キアヴァリは私を見ても誰かわからなかった。

つまり、私など記憶に残っていないのだ。いつもああいう夜を過ごしていたら、私と過ごしたことなんて覚えているはずもない。そう思うと、ベアトリスは彼女らしくもない行動をとりたくなった。大音量の音楽にも負けないくらい叫びたくなったのだ。

もしくは泣き出したかった。

そうしたいのは目の前の状況そのもののせいだった。決してチェーザレ・キアヴァリから、プロポーズもしていない幸運な花嫁との結婚話をされたからではない。

彼はその幸運な花嫁をまだ選んでもいない。

こんなことになるなんて。ベアトリスはうんざりした。チェーザレ・キアヴァリにもうんざりしていた。ヴェネツィアで出会った、記憶の中の彼のほうが好きだった。どこからともなくやってきて人生最高の夜を与え、彼女を永遠に変えてしまった神秘的で奇跡のような男性のほうが。

彼は自分を情熱的ではないと言っていたけれど、私には情熱そのものにしか思えなかった。

ベアトリスはあの夜のチェーザレ・キアヴァリを忘れられずにいた。しかし、選択の余地はなかった。先ほどの彼は氷河ほどの情熱しか持ち合わせていないように見えた。

彼女は自分を奮いたたせ、行動するよう促した。しかし、実際はその場から動けなかった。マッテアが流している不愉快な音楽を聴きながら、頭の中は大混乱に陥っていた。

覚えている限り初めて、ベアトリスはきびすを返して今いるところから逃げ出したくなった。

遠くへ行こう。あれほどめくるめく経験を私にさせておきながら、再会したときには誰だかわからなかった男性から離れなくては。私はヴェネツィアでの夜のことを口にしなかった。あのとき二人が一夜をともにして赤ん坊ができたと知られたら、私の人生はめちゃくちゃになるはずだ。

「そのほうが賢い選択だという考え方もあるわ」ベアトリスは独りごちた。「なにか起こる前にここから逃げ出すほうが」

ところが、彼女はやはり動けなかった。屋根裏部屋まで行って自分の荷物を持ち、ミセス・モースに最寄りの町まで送ってくれるよう頼むことはできなかった。ああ、どれだけそうしたかったか。そのためにどうすればいいのか、彼女は一つ一つの行動を完璧に思い描けた。

それでも、ベアトリスは目の前の問題から逃れるために廊下を引き返そうとはしなかった。

私は困難から逃げる女じゃない。問題ならいつも解決してきた。

マッテアの部屋の大きなドアの前で、ベアトリスは背筋を伸ばした。肩をいからせ、どうにかゆっくりと深呼吸をする。それは学校で金切り声をあげたくなった生徒に助言した方法だった。

自分らしくない衝動に負けて、その場に崩れ落ちることは絶対にしたくなかった。床の上でまるくなり、泣いて泣いて泣きつづけるのもありえなかった。

チェーザレ・キアヴァリとの間にあったことを、私がどう思おうと関係ない。私は今日、それを学んだ。ここに落ち着く暇もないうちに、すべては一変してしまった。

ベアトリスはひそかに子供の父親に淡い思いを抱いていた。赤ん坊が生まれたら、ヴェネツィアへ行って父親をさがしたいと考えていた。とはいえ昨夜、イギリスのホテルの小さな部屋で横になりながら二人で過ごした夜を思い出したときは、すぐに頭から追い払った。

父親をさがし出したら、あの夜、二人の間に芽生えたものが本物だったのかどうか必ず確かめるつもりだった。それがまだ消えていなければ、だけれど。

しかし今のベアトリスはおなかの子の父親を見つけられたのに、彼が別の女性と結婚する気でいると知らされていた。いいえ、逆にこれは天からの贈り物なのだ。チェーザレ・キアヴァリはあれほど熱烈に求めた女性を見ても、その人だとまったくわからない男性だったのだから。

まだ胸の中にわだかまっていた逃げ出したい衝動を、ベアトリスはできる限り押しつぶした。

どんなに無視しようとしても、彼女にはこのキアヴァリ邸にやってきた厳然たる目的があった。むずかしい仕事なのはわかっていた。妊娠を隠しながら扱いにくいマッテアの相手をするのは、疲労といらだちの多い時間になるはずだ。

でもどんな思いをするとしても、夏が終わればすべてが終わる。ほんの数カ月のことで、永遠に続くわけじゃない。

夏の終わりにもらえる報酬で子供を育てるつもりなら、私にここにとどまる以外の選択肢はない。父親を与えられないとわかった以上は次善の策を――父親からのお金で得られる経済的に安定した生活を選ぼう。

私と同じ立場にいる、ほとんどの女性には望めない生活を。

ベアトリスは再会できると思っていなかった男性に再会したショックから立ち直り、ドアを音高くノックした。中から返事がなくても、驚かなかった。

音楽が鳴り響く以外の反応はないとわかると、ドアを開けて部屋へ入った。

考えてみれば、アヴレル・アカデミーで生徒たちが暮らす寮の部屋に入った覚えはなかった。当然だ。甘やかされた生徒たちからは不満の声があがっていたものの、部屋はベアトリスが同じ年ごろに暮らしていた部屋よりもずっと快適だった。

マッテアの部屋は先ほど案内されたスイートルームよりもさらに豪勢だった。部屋はいくつもあり、複数の居間やジェットバスとサウナがある浴室、三つの巨大な本棚とテレビがある広い空間がある。ベアトリスはそこに悪名高いマッテア・デスコトー本人がいても、眉一つ動かさなかった。

十五歳の少女は、高い天蓋つきのベッドの中央で不機嫌そうな顔をしていた。明らかに眠ってはいなかったらしい。マッテアは膝をかかえて携帯電話を手にしていたが、人が訪ねてきたことに気づいているふうには見えなかった。

こんなに騒々しい中で、どうして落ち着いていられるのかしら？

　ベアトリスは騒音の原因となっているスピーカーをさがし、すぐに見つけた。最近の子供たちが使っているような小さなものが二つ、磨き抜かれた古そうな骨董品の上に無造作に置かれていた。その値段を考えたこともないのだろう。マッテアは自分の若さもどうでもいいみたいだった。

　だからといって、ベアトリスはマッテアをうらやましいとは思わなかった。自分が経験した子供時代を他人にも望むつもりはなかったし、あの児童養護施設に入れたことは幸運だと考えていた。もっと不運な人はいる。

　それでも、愛するおなかの子を守ろうと体が自然に動き出した。ここにいつづけたら、チェーザレ・キアヴァリがよこした代理人と向かい合い、彼がメモ帳にゼロを足していくのを見たときのようにめまいを起こしそうだった。ベアトリスは二つのスピーカーを手に取り、電源ボタンを押した。

　部屋が突然静まり返り、ベアトリスは待った。その場に立ち、ベッドの上へ目を向けつづけた。

　マッテアがなにかされたというようにうめき声をあげた。気色ばみ、いらだたしげな顔で姿勢を正して――。

　そしてベアトリスの姿を見つけた。

　しばらくの間、二人はただ見つめ合っていた。

　学校のほかの生徒たちと同じく、マッテアは親から莫大な財産とともにかなりの美貌も受け継いでいた。異父兄は暗く陰気な雰囲気があるのに対し、彼女は聖歌隊の少女を思わせる顔立ちをしている。頬はしみ一つなく、瞳の色は窓の外に広がる湖と同じ澄んだ青だ。

　マッテアはいつも、自分の天使そっくりな容姿を都合よく利用していた。だから、己の外見に心を動かされないベアトリスを嫌っていた。

「終わりのない悪夢から抜け出せないのはわかっていたわ」マッテアがイタリア語のアクセントがある洗練された英語で言った。アヴレル・アカデミーにいたときは、口を開けば同級生を魅了していたものだ。「待って。これって幻覚？　いいえ、それよりも悪いんじゃない？　私、死んで地獄に落ちちゃったのね」

「また会えてうれしいわ、ミス・デスコトー」ベアトリスはよどみなく挨拶した。

熟知していた仕事をすんなりと思い出せたのも、天からの贈り物に思えた。明るい一方で冷ややかな声を出すのは簡単だった。学校の校長らしい威厳を学んで身につけたのではなく、生まれつき備わったもののように発揮するのも同様だった。

頭の中で声がした。校長としてふるまっているときは、個人的な感情など入りこむ余地がないものね。オペラの女主人公のように地面に突っぷして泣いたりせず、ただ自分の権威をどう振りかざすかを考えればいいんだもの。

ベアトリスは少女にほほえみかけた。「もしかして私がこの夏、あなたと一緒に過ごすのを知らなかったのかしら？」

「誰がそんな恐ろしいことを私に知らせるっていうの？」マッテアが言った。不機嫌な声は喧嘩を仕掛ける寸前といった感じだ。「そんな勇気のある人はいないわ」

ベアトリスは少し考えこんでから、ほほえみに小さな棘をこめた。「それはあなたがご家族やここの使用人たちに、私たちが一年間苦心してやめさせようとした、とても認められない非常識なふるまいをするからじゃないかしら」

マッテアが眉をひそめた。ぶっきらぼうで横柄な態度をとっていてもかわいらしく見えるのは、彼女の魅力のなせるわざの一つだ。

幸運にも、その魅力はずいぶん前にベアトリスにきかなくなっていた。

「あなた、辞めたんじゃなかったの？」ベアトリスが無言で見つめていると、少女が明るい顔になった。「みんな、そう言ってたわ。ここ数年で最高のニュースだった。新学期にはあなたの退職を祝うパーティがたくさん予定されてるのよ」

「アヴレル・アカデミーの校長でなくなったのは本当よ」ベアトリスは穏やかに認めた。「でも、お祝いするのは時期尚早でしょうね。お兄さまが夏の間、私を雇ってくださいました。私の仕事はあなたの家庭教師です、ミス・デスコトー。喜びで胸がいっぱいになりませんか？　私の胸はそうです」

彼女はじっと少女を観察した。マッテアは反応するまいと鼻孔をふくらませているが、顔は真っ赤だ。そして裏切られたというように目を見開いた。

ベアトリスはマッテアに同情した。自分の人生が他人の手にゆだねられるのがどういうことなのか、彼女はとてもよく知っていた。同情したかったものの、マッテアに拒絶されるのはわかっていた。私には同情されたくないはずだ。

次の瞬間、マッテアが深く息を吸った。

「金切り声をあげるのね？　あなたはそうするのが大好きだから」ベアトリスは静かに言った。「でも、その結果は気に入らないと思うわ。はっきりと約束しておくわね」

「私は今、あなたが学校と呼ぶあの牢屋（ろうや）にはいないい」マッテアが言い返した。「私に指図できると思わないで。私はこの家の人間だわ。ここで働くなら、私はあなたのボスなのよ」

「私のボスはあなたのお兄さまですよ、ミス・デスコトー」ベアトリスは笑った。「彼がなにをさせるために私を雇ったのかわかる？」マッテアの答えを待たずに続ける。「私はあなたをお行儀よくさせておくよう頼まれたの。よく考えてみて。私がどうするか、お兄さまが気にすると思う？」

マッテアの頬の赤みが増し、傷ついたことがありありと伝わってきた。「私が文句を言えば——」

「あなたは大声で何度でも文句を言うのでしょうね」ベアトリスは眉をひそめた。「でも、それでどうなると思う？」答えはわかっていた。アヴレル・アカデミーに送られる少女たちの生い立ちには詳しかった。自身や他人に危害を加えるといった問題は、たいていは家族が受けさせたがらなかった適切なカウンセリングを受けさせれば解決できた。

多くの場合、少女たちはマッテアと同じで心に傷を負っていた。そして自分たちに興味を示さなくなっただけでなく、面倒を見きれなくなってアヴレル・アカデミーに送りこんだ人たちの関心を必死に求めていた。

私はお金で誰かを雇って問題を解決させる人より、自ら率先して動く人のほうが好きだ。ベアトリスは思った。だから、異父妹を家庭教師に任せたチェーザレ・キアヴァリが私に気づかなかったのはいいことなのだ。

ベッドに座るマッテアはあまりにも幼く、またしても足をすくわれたような顔をしていた。校長だったころ、ベアトリスはほかの教師たちにしょっちゅう言い聞かせていた。マッテアが盗んだ車にクラスメイトをおおぜい乗せて、学校からこっそり抜け出そうとしたときも。一カ月間、毎日校則を破り、罰として雑用を与えられても笑うだけで、ほかの生徒にも反抗するようそそのかしたときも。学期末の前日、マッテアが一年生全員の髪を紫色と緑色とピンクに染めたときも。

そのたびにベアトリスは教師たちに、手に負えないとはいえマッテアはまだ子供なのだと言った。人生で多くの喪失を経験してきた子供だと。母親の死後、父親が親権を放棄したせいで彼女の唯一の家族は、現在後見人となっている異父兄一人だった。

その異父兄は今、結婚を急ぎ、マッテアのようなふるまいをしない、完璧な子供をつくろうとしている。

少女が不適切な行動に走るしかないと思うのも無理はない。

「学校にいたらこんなことは言わないわ」自分のところに来る女の子たちは抑圧されていると知っていたから、ベアトリスは決して激昂しなかった。マッテアは自分の居場所が欲しいのに、なんの力も持っていないのだ。

「私と親友になれるとでも思ってるの？」少女が軽蔑をこめてきいた。「悪いけど、いらないわ」

十代の子に侮辱されて決心を変えていたら、ベアトリスはとっくの昔に教師を辞めていた。「ミス・デスコトー、あなたは私が女の子たちのじゃまをして楽しんでいると思いたいんでしょうけど、大きな間違いよ。私は若い彼女たちがどんな役割を任されても自分の能力を発揮し、持っている才能をどう使えばいいかを教えたいの」

反論しはじめたマッテアに、ベアトリスは手を上げた。

「非難の注目を集めても力にはなりません。だからこうなったのよ。あなたが自由にしたいことをするのではなく、私が夏の間、あなたを監視するために雇われる事態にね」

「あなたが好きなことをさせてくれてもいいのよ」そう言ったものの、マッテアはベアトリスが承知するとは思っていないようだ。

「誰もがあなたに責任が取れるとは信じていないの」ベアトリスの言葉に、マッテアが一瞬たじろいだ。「その状況を変えられるのはあなただけよ」

「笑えるわね。うれしいわ」

マッテアが飽きたというように目をそらしても、ベアトリスは続けた。「私が本当に学校でしていたことをこのキアヴァリ邸でもするつもりがあるのか、あなたは知りたいでしょうね。言っておくけど、私はまさにそうするつもりよ。あなたが逆らう気でいるなら、覚えておいて。マッテア、あなたの行動は私にとって想定の範囲内なの。私があなただったら、自分の行動から学ぶわ」

待っていると、マッテアの頬の赤みが濃くなり、顔全体に広がった。しかしそのことも、少女が葛藤していることも指摘せず、ベアトリスはうなずいた。

「まずは静かな時間を過ごしましょう。規則正しく食事をとって運動し、うるさい音楽は流さないこと。これは命令です」

「私は正午前には起きないし、運動もしない」マッテアが癇癪を起こし、学校にいたときのように言い返した。みじめな気分にひたるよりもいい反応だ。

「あなたの言うことなんか聞かないから」

ベアトリスはそうだろうと思った。「いらいらしているみたいね、マッテア。遅くまで起きているせいで睡眠と栄養が足りていないのかしら。あなたが幸せそうで、元気で、よく休んでいるように見えるなら、どんなふうに時間を過ごしていても気にならないんだけど」

「気持ち悪いから私にかまうのはやめてよ」

「だったら、私がなにも言わなくても一人でできるところを見せてちょうだい」ベアトリスはやさしく言った。

すると、マッテアが恥じ入った顔をした。そんな自分がいやだったのか、背中を向けて上掛けをかぶる。「あっちへ行って」くぐもった声がした。

「あなたに一時間あげます」ベアトリスは言った。「起きてシャワーを浴びて、歩くのにふさわしい格好をしてちょうだい。家の中と地所を案内してほしいの。二人で過ごす最初の一日の予定よ」憤慨したように上掛けの山が揺れるのを見ながら続けた。「いやだと言っても、私はこの広大な大邸宅のどこにも行かないわ。ずっとここにいるから」

上掛けがまた動き、マッテアが顔をのぞかせた。

ベアトリスはそれ以上なにも言わなかった。言う必要がなかった。少女を脅したり、マッテアが拒否した場合の結果も並べたてたりしなかった。私が自分の発言どおりにするたび、この子は逃げ出そうとする。そういう私が苦手なのだ。

二人は長い間、静かな意地の張り合いを続けた。

マッテアはなによりも人から注目されるのを好んだ。そして、この一年間はずっとベアトリスに注目されたがっていた。

十五歳の少女はとても甘やかされていて、自分を実際よりかなり強いと思っていた。

したがってベアトリスは冷静さを保ち、根負けせずにいればよかった。

案の定、マッテアは大げさにうめき声をあげると、上掛けをはねのけてベッドから飛び出した。ぶつぶつ言いながら隣の浴室に駆けこみ、大きな音をたててドアを閉める。

ベアトリスは約束どおり寝室から動かなかった。湯の音が聞こえないので、浴室のドアの前まで行ってノックした。「手伝ったほうがいいかしら?」

携帯電話をどこかに置いたような音に、ベアトリスはほほえんだ。湯の音が聞こえる前は怒りのこもった叫び声もした。

ベアトリスは寝室に戻って窓の外を眺め、ここの想像を絶する美しさにあらためて驚いた。マッテアの部屋からは夏の花々が咲き乱れる手入れの行き届いた庭園と、遠くの丘に整然と並ぶ葡萄の木が見渡せた。こんな景色なら、永遠に見ていても飽きることはなさそうだ。

危険な考えだった。なぜなら、頭にチェーザレの顔が思い浮かんだからだ。

心の内をさらけ出してはいけない。彼女はその大きな理由であるおなかのふくらみに手をあてたくなったものの、我慢した。なぜなら、そういう仕草を習慣にするわけにはいかないからだ。

子供の将来以上に大切なものはない。私はそのことをつねに忘れずにいなくては。

少しして、マッテアが裸で浴室から出てきた。ベアトリスがなんの反応もしないともの憂げに服を着て、家庭教師を大邸宅のほかの場所や庭園、葡萄畑へ連れていった。案内を終えると、少女は疲れた顔でおなかがすいたと言った。ベアトリスはアメリアに頼み、マッテアのサロンに紅茶と軽食を運んでもらった。

ほかの子供や子犬と同じで、マッテアも空腹でないときのほうがずっと機嫌がよかった。おなかがいっぱいになると、少女は自分がいかに骨の髄まで悪い子かを証明するのをやめておとなしくなった。

「あなたは礼儀を知らないと思っていたけど」クランペットという小さなパンケーキをお代わりしたあと、ベアトリスは言った。「どうやらそれは演技だったみたいね」

少女が鼻を鳴らした。「あなただって演技しているでしょう。一人でいるときはそんなんじゃないはずよ。私ならそんな格好で歩きまわったりしないわ」

子供とはしばしば、恐ろしく的確なことを口にするものだ。

ベアトリスは反応しなかった。「私は仕事として演技しているの」

「どうでもいいけど」マッテアが肩をすくめ、食べかけのクランペットを置いた。その拍子にぬってあったジャムとバターがこぼれ落ちる。「チェーザレがなにを考えているかは知ってる。でも、ママは彼が言うような、どうしようもない人じゃなかった。ただ、一人でいるのが好きじゃなかっただけなの」切なげな表情を浮かべたものの、少女はそんな自分に気づいたようで、まばたきをして膝に視線を落とした。「ママはきれいで優美な仕草が好きだったから、私にも教えてくれたわ。不安定な人って言われてたのも、そう思われれば思われるほど人がやさしくしてくれるから演技してたのよ」

話を聞いたベアトリスはききたいことがたくさん頭に思い浮かんだ。マッテアの母親について。チェーザレについて。マッテアは自分を不安定だと思っているのかどうか。母親から教わったきれいで優美な仕草をなぜやめているのか。

しかし、少女は立ちあがってテーブルから離れた。まるで四六時中、激怒していなくてはいけないと急に思い出したかのようだった。「私を一カ月で退学にしなかった唯一の校長先生だから、チェーザレはあなたを家庭教師として雇ったのよ。でもそれは、私がほかの人よりあなたを操るのがうまかったって意味でしょう？」

「そんな見方もできるわね」ベアトリスはほほえんだ。「あなたは自分にそう言い聞かせているのかしら？」

「どうでもいいわ」マッテアの声はあらゆるものに――特にベアトリスに対する心の底からの嫌悪感に満ちていた。「チェーザレは私のことを恥さらしだと思ってる。だったら、なにをしようと関係ないでしょう？　私は生きているだけであの人を困らせるんだから、なにをしても変わらないわ」

「それは違うんじゃ――」

「違わない」マティアがふたたび怒りに顔を赤くして言い返した。「正直に言うと、私は彼が思っているとおりのどうしようもない存在でいたくてたまらないの。ママみたいに、彼に認められようと必死になるつもりはないわ。それであなたまでくびにできるなら、一石二鳥だし」

「心にとめておくわ」少女を見つめて、ベアトリスは言った。

しかしマッテアはまだ続けた。「あの人もパパやほかの男の人と変わらない。ああいう人たちは前に進んでいけば、過去なんか消せると思ってる。だけどそこに、私っていう厄介者が現れた」耳ざわりな笑い声をあげる。「発疹みたいに」

誰かがマッテアにそう言ったのだと、ベアトリスは即座に察した。まさにそのとおりの言葉を、少女は言われたに違いない。それはチェーザレではないだろう。もし彼なら、マッテアはこんな話をしなかったはずだからだ。

「発疹だっていうなら、私は今までいちばんかゆくて醜い発疹になってやる」感情が高ぶって目に浮かんだ涙をごまかすためか、マッテアが硬い声で言った。「今日はうまいことやったわね、ミス・ヒギンボサム。でも、これから先はうまくいかないから。早くあきらめたほうがいいわよ」

「マッテア」ベアトリスは紅茶のカップを置いて口を開いた。「あなたになにを言われようと、私はあきらめないわ。絶対にね」

マッテアがまた耳ざわりな笑い声をあげた。「みんなそう言うのよ」吐き捨てるような言い方だった。「でも、みんなあきらめた。次から次へと現れては、台本でもあるみたいに同じ結果になったの。あなたもきっとそうなるんだわ」

その瞬間、ベアトリスは誓った。おなかに赤ん坊がいるならよけいに、この先、私はなにがあってもあきらめたりしない。

孤独の中にいるマッテアに同情せずにはいられなかった。とても傷つきやすいのに、この子はそんな自分を必死に隠そうとしている。

万が一、自分の手で赤ん坊を育てられなくなるとしたら、私は我が子になにを望む？

マッテアと同じく、母親とは違って愛してくれない相手のもとへ追いやられてしまったら……。

しかし、ベアトリスは胸に押しよせる感情にひたってはいられなかった。そうする代わりに集中しなければならなかった。

自分がこのキアヴァリ邸でできること、そして絶対にあきらめないと誓ったことを思い出した。助けてほしいと思っていてもいなくても、私はマッテアを助ける。どんなに大変でも、この子を見捨てたりしない。なにがあっても。

たとえ、そのためにマッテアの異父兄と闘わなければならないとしても。

4

とんでもない家庭教師を大邸宅に迎えてからというもの、チェーザレは異父妹を悪い意味で意識することが一度もなかった。夕食どきにうんざりしたりすることもなく、異父妹が暴れてテーブルの上がめちゃくちゃになったりすることもなかった。四六時中、仕事の電話が妨害されることもなく、出張から帰ってきても、ミセス・モースが悲痛な口調で異父妹の悪行を語ることもなかった。

僕はこれまでと同じく、正しい選択をしたようだ。

マッテアに家庭教師をつけた最初の週の終わり、彼は報告をさせるためにミス・ヒギンボサムを呼びつけた。異父妹はキアヴァリ邸にいるのに、とてもおとなしくしていた。普段トスカーナにいるときは必ず騒動を起こしていたのに。

出会った日から奇妙な雰囲気を漂わせていたものの、ミス・ヒギンボサムは役目をきちんと果たしている。それならほかはどうでもいい。

夏の夜は暖かく、そよ風が花の香りを運んでいた。今日の午後、チェーザレはフィリピンのある企業と交渉をするために書斎にこもっていた。彼はむずかしい話し合いの緊張感が好きだった。そして今は湖とその向こう岸まで見渡せるお気に入りのテラスに座り、食前酒を楽しみながら人生に満足していた。

タイル製の小さなテーブルには、メイドが焼きたてのフォカッチャ、地所内でとれたオリーブのピクルスとドライトマト、それに大好物のペコリーノ・チーズを並べてくれていた。これからチェーザレはコートダジュールへ飛び、仕事仲間でもある旧友の家で週末に開かれるパーティに出席する予定だった。パーティはあまり好きではなかったが、今回は違った。マリエルがそのパーティに参加することになっていて、彼からプロポーズをされるのを期待していたからだ。

チェーザレもそうするかもしれないとほのめかしていた。ついに、そのときがきたのだ。

テラスに座って守るべきキアヴァリ家の資産を眺め、心地よく穏やかな時間を過ごしつつ、彼は次の一歩を踏み出すすばらしさについて考えた。これで誰といつ結婚するかという永遠の問題には決着がつき、前へ進めるのだ。

もはや結婚を押しつけられているとは感じなかった。それよりも、長い間見つからなかったジグソーパズルのピースをついに見つけた気分だ。僕は手紙に書かれていた亡き父親の言葉を忠実に守った。

もうどこへ行くにも持ち歩きはしていないが、父親が息子に宛てて書いてくれたその手紙は、父親の死後もずっとチェーザレの書斎で大切に保管されていた。彼は手紙をデスクのガラスの天板の下に広げ、父親の忠告をいつでも思い出しては自らの指針としてきた。

チェーザレが生まれたとき、ヴィットリオはすでに高齢で、彼は少年時代のほとんどを寄宿学校で過ごした。ヴィットリオはチェーザレがまだ外国に留学していた十六歳のときに亡くなったが、息子でありキアヴァリ邸の次期当主である彼に資産を維持する方法や、資産を増やしたり必要な場合は縮小したりする方法についての考えを手紙で伝えてくれた。さらにそこには、年齢を重ねて落ち着くまで妻を持つのは控えるよう勧める言葉もあった。

〈若者は考えが浅く、軽率に行動する危険が大きい。だがある程度年を取った男なら、あらゆる経験を積んだうえでなによりも家のためになる結婚相手が選べる〉

しかし、ヴィットリオはチェーザレの母親を妻に選んだ理由は書いていなかった。母親のせいで父親は嫉妬にくるい、自分を見失っていたのに。チェーザレは手紙を、父親から息子への忠告であると同時に、間違った選択に対する父親の罪滅ぼしだと考えるようになっていた。

ドアの開く音が背後で聞こえ、チェーザレはミス・ヒギンボサムが近づいてくるのを見つめた。しかし、興味を引く特徴は一つもなかった。彼女はまたしてもイタリア全土でもっとも美しいテラスという背景にまぎれるような服装をしていた。

そのことに気づいたとたん、なぜあんなに大きな眼鏡が必要なのだろうと思って、チェーザレはミス・ヒギンボサムの顔を占める特大の眼鏡に目をやった。ファッションのためではないのは確かだ。彼女におしゃれなところは一つもない。その姿はどこから見ても地味で、おしゃれにうるさいイタリア人の彼を心の奥底から不快な気持ちにさせた。

チェーザレはまだ十代のころに、自身と周囲のすべてを思いどおりにする方法を学んだと思っていた。そして、地球上でもっとも美しいと確信を持っているものに囲まれて成長した。なにをするにもどこに行くにも美しさを求めた。

だから、自分の外見を改善できるのにしない人のことが理解できなかった。

記憶違いだと思っていたのに、目の前に現れたミス・ヒギンボサムはやはり羽をふくらませたふくろうそっくりだった。彼女がどういう格好をしようと自分には関係ない、とチェーザレは自分に言い聞かせた。マッテアがどう思っているかは知らないが、家庭教師は問題児の異父妹を行儀よくさせておいてくれればいい。そうしている限り、好きなだけ地味な服を着てかまわない。

チェーザレはミス・ヒギンボサムに、小さなテーブルの自分の向かい側にある席に座るよう手ぶりで示した。彼女の腰の下ろし方は驚くほど優雅で違和感を覚え、顔をしかめる。そんな姿は見たことがないのでとまどい、興味をかきたてられていた。服が体型を隠しているせいで、ミス・ヒギンボサムが本当はどんなスタイルをしているのかはまったくわからなかった。

女性の美しさを見抜く力があると自負していた男としては、気になるところだった。しかも彼女を見ているとなにかを思い出しそうになった。なにかというか、誰かを……。

だが、ミス・ヒギンボサムがいったい誰を思い出させるんだ？　僕が会ったのは、彼女が到着した日と今だけなのに。おそらく、大階段を下りてきたときの姿を思い出したのだろう。

それよりも気になるのは、この数カ月続けていた禁欲をだいなしにしかねないほどの、とてつもない興奮を覚えたことだ。

いずれにせよ、どうでもいいが。

「君が来てから妹はおとなしいものだ。よくやってくれた」チェーザレはミス・ヒギンボサムのために用意した食前酒を手で示した。

家庭教師がかすかに顔をしかめた。まるで食前酒のグラスにちょっと触れるだけでも、不道徳な行いになるというようだった。

「マッテアは私の機嫌を取っているのでしょう」彼女が口を開いた。視線をチェーザレに向けてほほえむ。その表情に彼は心をなだめられるどころか、どう反応したらいいのかとまどった。

だが、僕はチェーザレ・キアヴァリだ。決して不安になったりはしない。

一つわかったのは、ミス・ヒギンボサムの笑みは武器だということだ。「君の機嫌を?」

ミス・ヒギンボサムがまっすぐにした背筋をわずかでも曲げることなく椅子の背にもたれた。「私を油断させるためにです。そうすれば次の騒動が前よりも大ごとに見えますし、運がよければ私をくびにもできるでしょうから」

チェーザレは言われた内容を考えてみた。彼女は僕の頭の中にあるのとまったく同じことを、なんの迷いもなく口にした。どんな理由かは説明できないが、こんなふうに一緒に座っているのはまずい気がする。

この女性は危険だ、と自分の中のなにかがささやいたのは、体に間違った熱が広がっていたからだった。彼はどちらも全力で無視した。

「マッテアがどういう騒動を起こす気でいるのか、君はわかっているのか?」

「あの子の標的はつねにあなたです、ミスター・キアヴァリ」ミス・ヒギンボサムが膝の上で手を組んだ姿は、ふくろうにしては威厳に満ちていた。「あなたはこのキアヴァリ邸の中心的存在です」チェーザレは困惑しているか、あるいはいらだって見えたに違いない。彼女の眉が上がった。「たしかに、あなたはマッテアに惜しみなく愛情をそそぎ、あの子の世話をしています。なぜなら、あの子に遺(のこ)された唯一の家族ですから」

　誰かに真っ向から叱られるなど実に久しぶりだった。最後にそういう経験をしたのがいつかも思い出せないくらいだ。悔しさのようなものがかすかにこみあげてくるのを感じて、チェーザレは驚いた。

「私が妹を大切に思っていないと言いたいのか？」口調には〝よくもそんなことを〟という思いがこもっていた。

　ミス・ヒギンボサムは雇い主の思いに気づかなかったようだ。「そんなことは言わなかったはずですが」

「だが、君はそうほのめかしていた」

　ミス・ヒギンボサムが棘(とげ)のある笑みを浮かべた。

「あなたは私を誤解しています」

　いいや、とチェーザレは心の中で否定した。

「私はマッテアのような女の子たちをよく知っています。彼女たちはみんな同じ状態で学校にやってくるのです。私たちは、彼女たちが持つ衝動をもっと適切な方向に向ける努力をしているのです」

「それはどんなことかな？」彼は笑った。「マッテアが水彩画を始めるところが想像できるか？　ピアノは？　ああ、日記を書くよう勧めてみようか？」

　ミス・ヒギンボサムに見られて、チェーザレはふたたび少し当惑した。「女の子たちの衝動のはけ口がそんなものしかないとお考えですか？　今はヴィクトリア朝時代ではないとご存じないのかしら？」

「では教えてもらいたい」なにも考えずに話すことはないのに、今夜のチェーザレはどういうわけか慎重でいられなかった。その感覚には不愉快になるほどなじみがあった。「なぜ君は学校を辞めたんだ？　君が去ったあとに発表された学校の声明では、よくわからなかった」

「変化を求めていたんです」ミス・ヒギンボサムが答えた。チェーザレには、彼女がその返事を事前に用意していたように思えた。「きかれる前に言っておくと、私は今回の仕事を引き受けたくありませんでした。人生を振り返ったときにすてきだと思えることがしたかったんです。そういう人生とはどういうものか、ずっと考えていました」

「退屈だな」チェーザレは小声でつぶやいた。口から言葉が飛び出していた。

彼女の視線がこちらに向くと、一瞬、二人の間でなにかがぴたりと合った。それは記憶のスイッチを押そうとしていて――。

しかし、ミス・ヒギンボサムが投げかけたほほえみはあたりさわりがなかった。「ですが、あなたは私に断れない申し出をしてきました」

チェーザレは記憶のスイッチがもとの位置に戻るのを感じた。どんな記憶がよみがえるのかもわからないのに、なぜ僕は腹をたてている？「君の道徳心がほかの人よりもすぐれているわけではないと知って、勇気づけられたよ。君もほかの人と同じで強欲ではあるんだな」

「はい」ミス・ヒギンボサムが前よりも棘のこもった笑みをさっと浮かべた。「私たち二人のうち、欲が深いのは私のほうでしょうね。あなたは目に映るすべてのものを所有していますが、私はあなたが訪れたこともない屋根裏部屋で寝起きしているだけの身ですから。でも真実を言うと、あなたと私は同類なんです」

その言葉は手厳しい批評だったのかもしれない。チェーザレはそうだと思っていたし、胸に強く響いた部分もあった。だが、彼はミス・ヒギンボサムが眠っているところを想像していた。すると、彼女が笑った。まったく予想外の行動だった。

チェーザレの脳裏に、ヴェネツィアの橋の上でチエロの音とともに聞いた笑い声がよみがえった。

だが家庭教師の笑い声はとげとげしく、なぜあの夜の記憶が頭に広がったのか見当もつかなかった。あれはたった一夜の出来事だった。女性とつかの間の関係を持つ習慣はなかった。決まりきった生活を送っている彼は、予想外の結末が伴う刺激的なセックスよりも普通のセックスのほうが好きだった。あの夜のことは忘れたほうがいいと自分に言い聞かせ、これまではうまくいっていた。

もう何カ月も前のことだ。

それに目が覚めたとき、ヴェネツィアで出会った謎の女性はいなくなっていた。

あのとき、僕が彼女を必死にさがしたことはどうでもいい。

あの夜のような情熱に駆られた覚えは過去になかった。一度もだ。

いずれにせよ、ヴェネツィアで出会った女性を見つけられなくてよかったのだとチェーザレは思っていた。熱いシルクに似た肌をした女性は驚くべきことにバージンで、奇跡に等しい存在だった。あの女性も僕と似た境遇にあったに違いない。好むと好まざるとにかかわらず未来を決められていたから、あの夜だけは別人のふりをしていたのだ。

そんなふうには考えたくないが。

しかしチェーザレは、自分を夢中にさせた女性とは結婚できないと誰よりも承知していた。情熱とはつかの間のものだが、僕には代々受け継いできたものがある。そのことは父親の手紙ではなく、父親の人生や母親の人生、異父妹の父親の人生を分析して学んだ。

三人は不安定な欲望に振りまわされたあげく、人生をだいなしにしてしまった。祝福なのか呪いなのかはわからないが、僕の人生は彼らとは違う。僕のような立場の男たちの中には、エクストリーム・スポーツに興じる者もいる。速い車に乗り、高い山にのぼりたがる者たちも。僕はそんなものに興味はない。自分が死ねば、一族の資産も同じ運命をたどるからだ。

僕には一族の資産を守り、増やす必要がある。だから、憧れと欲望と魔法のようななにかに満ちていたあの夜を求めることは許されない。チェーザレ・キアヴァリがしていいことでもない。

まつげの長い女性に一瞥されたくらいで、ほかの男と同じように打ちのめされてはならない。

彼女の居場所を突きとめられなくてよかったのだ。そうだろう？　そのはずだ。

「マッテアがなにをするにしても」ミス・ヒギンボサムの笑い声がやんだとき、チェーザレは抑えた口調で言った。「それが続くことを祈るよ」

「そうはいかないでしょう」ミス・ヒギンボサムが手を上下させた。「いいときもあれば悪いときもあるものです。完璧は求めないでください」

チェーザレは相手をにらまなかった。雇った者にそんなことはしない。それでも、彼女を見る目は厳しかった。「私はそういう男だ。つねに完璧を求める。だから、大金を払って君を雇った」

ミス・ヒギンボサムは期待したほどおびえた顔をしなかった。「わかっていますが、私たちが話しているのは感情を持った十五歳の少女についてです。私ができるだけ完璧をめざしても、彼女は従おうとしないでしょう。どうなるかはあなたしだいですよ」笑いをこらえているのか、唇を引き結んでいる。「ミスター・キアヴァリ」

彼は勝負中のチェス盤を見るかのように相手を見つめた。そんな目を雇った者に向けた記憶はなかった。「では、あの子をどうすればいいんだ？」

またもやミス・ヒギンボサムが唇を引き結んだが、チェーザレはいまいましい笑い声が聞こえた気がした。そうであってはならないのに、異父妹の家庭教師の笑い声を忘れられずにいた。

ふくろうそっくりの女性の笑い声を。

「家族については詳しくないんです」彼女が拍子抜けするほど率直に告白したものの、なにか魂胆があるはずだとチェーザレは疑った。「私に親はいません。両親がどちらも一人っ子だったせいで、親戚づき合いもないんです」

「だが、君はずっと子供たちを教える仕事をしてきたのだろう？」

ミス・ヒギンボサムが首をかしげた。「少女たちを教える者に家族が必要だとは思いません。実際、アヴレルに子供を預ける人のほとんどは、我が子とうまくつき合えなくて預けるのですから。ということは、家族がいないほうが子供たちとはつき合いやすいのかもしれない。私はこの仕事に向いているのかもしれませんね」

「もう辞めてしまったが」

ミス・ヒギンボサムがしばらく丘を眺めてから、チェーザレに目を向けた。「あなたには理解できないでしょうね。ずっと変わらずに生きてきたはずですから。どんな人間になるか、生まれたときから決められていたのでしょう」

「義務があったからね。代々受け継がれてきた資産を守らなくてはならなかった」

「とてつもない重荷であると同時に、喜びでもある仕事でしょうね」彼女が言った。「私には資産もないし、義務も自身に対するものしかない」

「だがとても……自由だ」彼は無意識のうちにそう言っていた。

その瞬間、ミス・ヒギンボサムの目の中でなにかが燃えあがり、火花を散らした気がした。「でも、家族がいる不自由さというのもいいものですよ。たしかに自由ではいられなくなるかもしれませんが、くじけそうになったときはしっかりと支えてくれる存在になってくれるでしょうし」

チェーザレはふくろうそっくりの女性に言われたことを考えようとして、自分の愚かさを呪った。僕は家族をそんなふうに考えたりしない。何年もかけてふさわしい妻をさがして見つけた今、己の道を進むだけだ。

自分のこの……くだらない感情にはじゃまさせない。

「まったくわからないな」チェーザレは厳しい口調で言った。なぜミス・ヒギンボサムとこんな話をするのが簡単で自然なのか、理解できなかった。こんなに奇妙で必要のない話を。普段、夕方にテラスに座って使用人と会話をすることはない。指示や命令をして、それらができなかった言い訳を聞く時間を作ったこともなかった。使用人には親切にしているという自負はあったが、主人という立場を超えた覚えはなかった。

チェーザレは自分が何者なのか、忘れたことが一度もなかった。

そして今も忘れるつもりはなかった。

「私みたいな人間は変わるのが簡単なんです」ミス・ヒギンボサムが、まるでチェーザレが考えていることを見透かしているかのように言った。だが、そんなはずはない。息をするたびに一族の歴史を意識するのがどういうことか、それを受け入れるのがどういうことなのか、彼女に理解できるわけがない。自分の立場を途方もない重荷ととらえるのではなく、恵まれていると考えるのだ。自分でも言ったが、彼女は自由で何者でもない。僕みたいに彫像を造られて、大邸宅の陳列室や地下室に並べられる日もこないはずだ。「ですが、あなたは今のあなた以外になれるとは思えません。キアヴァリ家の当主なんですからあたりまえでしょうけれど」

しかし過去に似たことを言ったほかの人たちとは異なり、目の前にいる羽をふくらませたふくろうそっくりの女性の声は称賛とはほど遠かった。

「私はどんな変化にも興味はない」チェーザレがそう言うと、ミス・ヒギンボサムが思わせぶりな視線を返した。その目には激情が満ちていて、とんでもないなにかを知っているというようだった。

そして、彼もそのなにかを知っているというようだった。

「それでも、結婚はするのですね」彼女が静かに言った。

その言い方にどこにもおかしなところはなかった。ただ、チェーザレ自身の反応は違った。彼の中でなにかが頭をもたげた。

しかし、チェーザレ・キアヴァリが女性の前で震えるわけにはいかない。ましてや相手は自分が雇った家庭教師だ。

「結婚が意味のある変化になるとは思わない」しばらくして、チェーザレは不機嫌に言った。「なぜそうでなければならない？　結婚は一族の血と資産を存続させるために必要な手順にすぎない」

すると、ミス・ヒギンボサムが愉快そうな顔になった。「誰かは知りませんが、花嫁はとても幸運な人ですね。あなたの一族の資産の一部になれるんですから」

彼は、家庭教師が〝あなたの一族の資産〟という部分を強調したのを聞き逃さなかった。「キアヴァリ家の花嫁となるのを大変な名誉だと思う女性はおおぜいいる」

「そのとおりでしょうね」彼女が言葉を切り、ほんの一瞬不安そうな顔をした。しかし彼女がわずかに身を乗り出し、大きな眼鏡が夕方の光を反射したとき、その顔には強烈な感情が浮かんでいるような気がした。「必ずしも一つしか方法がないわけではない、とは思いませんか？　家族を犠牲にせずに資産を増やすことはできます。家族とは負かす相手ではないんですよ」

「私は違う」チェーザレは奥歯を嚙みしめた。「君は自分がなにを言っているのかわかっているのか？　どうやったらそんなことができる？」

二人の間の空気にはなにかが漂い、あたりの影はますます長く濃くなっていた。体には電流に似た衝撃が走っていたが、チェーザレは勘違いに決まっていると切り捨てた。ミス・ヒギンボサムにそういう反応を示すわけがない。

トスカーナでもっとも美しいテラスが夕日に照らされているからといって、そんなことはありえない。

ミス・ヒギンボサムが僕についてなにを知っているように見えたとしても、認めるわけにはいかない。彼女はなにも知らないはずだ。そうとも、家庭教師は推測して言っているにすぎない。

なぜなら、それ以外の理由はありえないから。

いずれにせよ、思いがけず胸の内を見透かされ、理解された経験は過去に一度しかなかった。

ヴェネツィアで一夜をともにした女性に二度と会えなくてよかったのだ、とチェーザレは自分に言い聞かせた。というのもその夜だけは人生で唯一、別の道を歩む自身を想像していた。要するにまったく別の大切なものを手に入れることを。彼は女性の甘美な体を抱きよせ、もし彼女とこのまま一緒にいられるならなんでもすると誓いながら眠った。

その夜のことは思い出したくもなかった。そうしたら自分を見失いそうで耐えられなかった。

しかも名前をきく前に相手の女性が行方をくらましてしまったとは、愚かにもほどがある。

チェーザレには、なぜこの風変わりなふくろうそっくりの女性があの夜を思い出させるのか理解できなかった。彼女が情熱について知っているとは思えなかったし、あの夜のことはあまりに分別のないふるまいだったから、自分も知っているとは思いたくなかった。

彼は突然立ちあがった。僕は幼いころから完璧な礼儀作法をたたきこまれてきた。異父妹のために雇った家庭教師に不愉快な思いをさせられたからといって、生き方を変えなくてはならない理由はない。

しかしチェーザレは座り直しもしなかったし、いきなり立った弁解もしなかった。「飛行機の時間があるんだ」

ミス・ヒギンボサムの笑みが大きくなった。彼は家庭教師の頭の中の声が聞こえた気がした。プライベートジェットなら時間なんて関係ないでしょう？　好きなときに出発できるはずよ。

ヴェネツィアで出会った女性には一度だけ、まっすぐに見つめられたことがあった。あのときは全身に火がつき、彼女と熱いひとときを過ごしたくてたまらなくなった。

もはや我慢ならなかった。チェーザレはきびすを返し、テラスから立ち去った。じゅうぶん話をしたからと自分には言い訳していた。

僕は逃げたのではない。自分の家にいられなくなったのでもない。

飛行場へ行くまでに、あれは正しい行動だったと確信していた。ふくろうそっくりの女性の頭がどうかしていても、キアヴァリ家の当主が彼女と同じレベルまで自分を落とす必要はない。先ほどはそうしてしまったが、二度と同じまねはしない。

あの真っ赤なドレスを着た女性のことも、もう思い出しはしない。

コートダジュールまでは飛行機ですぐで、ニースの丘陵地帯までは車であっという間だった。チェーザレは途中で寄り道はしなかった。

今回のパーティに参加するのは、自分で自分の首を絞めるのも同じだという考えも無視した。

ところが到着した先に不愉快になるものは一つもなく、首が絞まった感じもなかった。友人の家はプロヴァンスの美しい丘陵地帯に立つ壮麗な城で、優美さの粋を集めたような建物だった。

幼いころから知っているイギリスの寄宿学校時代からの友人も、記憶にあるとおりの愉快な男だった。招待されていたほかの友人や知人も同じだった。そしてチェーザレが花嫁に選んだ名家出身のマリエルは、華やかな空間の中で美しく輝いていた。

すべてが完璧だった。食事もワインも極上だったうえ、洗練された会話は楽しくて知的だった。そのあとダンスの時間になると、マリエルはチェーザレの腕の中で軽やかに体を動かした。

だから用意された部屋に一人で引きあげ、持ってきた指輪を見ながらプロポーズをしなくてよかったと思っているのはなぜなのか、わからなかった。

プロポーズをするには完璧な夜だった。ダンスフロアの真ん中はまずいだろうが、庭園を散歩している間にでもマリエルに求婚すればよかった。なのに僕はこの部屋に一人でいる。必ず〝イエス〟と言ってくれるはずの女性はどこにもいない。

誰にきいても、マリエルは僕と結婚したがっていると言っていたのに。

チェーザレはバルコニーに通じるフレンチドアを開け放ち、ボクサーパンツ一枚でベッドに横たわった。キアヴァリ邸にいないときはそうしているのだ。

丘の上の家は涼しく、肌に触れる風が心地よかった。月は天高く輝き、見る人を祝福しているようだ。だが彼は祈るよりも、狼（おおかみ）みたいに遠吠（とおぼ）えをしたい気分だった。

朝になったら問題を解決しよう。マリエルを見つけ、日の光の下でプロポーズするのだ。

そう自分に言い聞かせながら、チェーザレは眠りについた。月の光が差しこむせいで野性的な部分が強くなったのだろうか、寝返りを打つこともなく見た夢は信じられないほど現実味があった。

夢はヴェネツィアから始まった。しかし今回は謎の女性をホテルに連れて帰ったあと、チェーザレは彼女の前にひざまずき、脚の間の甘く熱い神秘に口づけした。

そして彼女が泣き叫ぶまで愛撫(あいぶ)したところで、ショックを受けて目を覚ました。

というのも夢の中で相手の顔を見ようと目を上げたとき、そこにはミス・ヒギンボサムの顔があったからだ。

5

「チェーザレのようすが変なの」日課である朝の散歩中、マッテアがベアトリスの横で言った。少女は強制されたこの時間を〝新兵訓練〟と呼んでいた。なにを言われてもベアトリスは無言でほほえみ、早足で歩きつづけた。「ひょっとしたら本当に婚約するのかもね」もしその言葉が舌に酸っぱい味を残したとしても、絶対に認めるつもりはなかった。チェーザレを気にするそぶりなど、みじんも見せたくなかった。

朝、自然の中を散歩することにこだわったのは、心の癒やしになるからだった。

実際、彼女は癒やされていた。

「ありえないわ」マッテアが自信たっぷりに宣言した。「チェーザレが婚約を秘密にしておきたがるのはわかる。だって、いつも世間の目から逃れたいとかなんとかって言ってるもの。だけど、相手の女性が黙ってないわよ」

まるで婚約する女性を知っているみたいな口ぶりだ。ベアトリスは、チェーザレがまだ選んでいる途中なのだとばかり思っていた。

でも、どちらでも私には関係ない。まったくどうでもいい話だ。

ベアトリスがなにも言わないので、マッテアがため息をついた。「あの人はヨーロッパじゅうの女性が一度は追いかける男の人なのよ。そんな人を射とめたら大喜びするはずでしょう？　すごいことだもの。わかってる？」

「あなたのお兄さまの婚約ほど、私にかかわりのない話題はないわ」ベアトリスは少女に婚約話をやめさせ、自身をいましめるために冷ややかに言った。

日ごとに忘れられない魅力が増していくこの美しいキアヴァリ邸にやってきて、一カ月がたとうとしていた。しかし、ベアトリスには心配な問題があった。キアヴァリ邸はたしかにすばらしいところだけれど、彼女の腰まわりは太くなり、おなかはせり出しつづけていた。夜、化粧水をつけながら、彼女は体が二倍に見えるだぶだぶの服を買っておいて本当によかったと思った。

その服を着ているおかげで、今のベアトリスは太ったように見えるだけだった。

人に理由をきかれたら、〝毎日食べている手打ちパスタのせいで太った〟と答えたはずだ。

私はこの先一生、ここで味わった手打ちパスタの夢を見るに違いない。

忘れたかったのはパスタではなく、チェーザレが毎週ベアトリスを呼びつけ、異父妹の成長ぶりについて尋問することのほうだった。チェーザレはもはや最初のときほどあれこれ尋ねたりはせず、彼女はいいことだと自分に言い聞かせた。

マッテアは家庭教師と一緒にいるせいか、とてもおとなしくしていた。しかしベアトリスは、彼が異父妹にどういう改善を求めているのか理解できなかった。

彼女は前回、チェーザレの書斎に行ったときに必要以上に辛辣に訴えた。ありがたいことにあれ以来、彼とあの壮麗なテラスで顔を合わせる機会はなかった。〝なにかの試験があるわけじゃないんですよね？　マッテアがあなたの結婚をだいなしにするか、しないかが問題だったはずです〟

けれどベアトリスは今、チェーザレが訂正しなかったことが気にかかっていた。いくらマッテアの言葉に賛成したくても、結婚しないとは言わなかった。から、彼にはまだする気があるのだ。たしかにチェーザレみたいな男性が婚約したら、世間の人々にわからないはずはない。

私にもわかるに違いないと、ベアトリスの中のなにかが強く言った。たった一夜、歓喜を分かち合っただけだというのに、現在のよそよそしい彼でもわかる気がしていた。

「もしかしたらあの人、結婚しないかも」マッテアがいつもの道を歩きながら言った。毎朝、二人は葡萄畑に出かけては少しずつ遠くまで行き、少女の機嫌が悪くなると戻ることを繰り返していた。「そんな必要なんてないんだもの」

ベアトリスはその言い方に胸が痛くなった。マッテアの声には期待がこもっていて、もし自分でそれに気づいたらぞっとしたはずだ。ベアトリスはきびすを返してキアヴァリ邸へ帰り、異父妹への態度についてチェーザレを叱責したくなった。マッテアはなによりも異父兄に愛されたいと望んでいるのだ。

でも、私にそうする義務はない。

それにチェーザレのようすが違っているのは本当だったものの、ベアトリスはそれが結婚に関係があるとは思わなかった。見聞きしたことから考えると、結婚式は来週あってもおかしくない。とはいえ、彼と話をする中で覚えた違和感の正体を正確につかむには一週間ほどかかった。ある日、大邸宅の中を歩きまわっていたマッテアとベアトリスの前にチェーザレが現れたことがあった。

〝君は妹に、ここでの暮らし方を指南しているのか?〟背後から近づいてきたチェーザレにそう言われ、ベアトリスは飛びあがりそうになった。彼はベアトリスの向こうにいるマッテアを見ていた。少女は正餐（せいさん）用のテーブルセッティングを教えるメイドと笑っている。〝僕は昨日、妹が洗濯の仕方を習ったという報告を受けたかな?〟

たしかに、ベアトリスはあえてマッテアに洗濯に挑戦してみるよう勧めていた。けれど、チェーザレにはなにも言わなかった。

〝彼女には教育の一環だと教えないでくださいね〟彼女はわざとおびえた声で言った。〝なにもかもだいなしになりますから〟

目を向けると、チェーザレはベアトリスを見つめていた。数週間前から彼はそうすることが多くなっていた。視線はどうも彼女を疑っているようだ。

チェーザレが自分の正体を、ヴェネツィアで出会ったことを知っていると思うと、動揺よりも喜びを覚えた。

私はずっと自分を偽ってきた。本当の自分がわかったのは数カ月前の夜だった。

その姿には我ながら驚いた。

けれど、そういう話はマッテアとはできなかった。少女のことはとても好きだったけれど、友達ではなかった。そこまで親しい関係にはなれなかった。

「あなたのお兄さまのような男性は結婚しなければならないと思っているのよ」自分とおなかの子にも説明するように、ベアトリスは言った。「彼らは家を守ることを大きな義務だと感じている。世の中にはそんな人がいるの」

「ばかみたい」マッテアがあきれた顔をした。

ベアトリスも同じ気持ちだったけれど、少女にそうは言えず、たしなめるに近い視線を送った。「ところで、あなたのこのお行儀のよさは続くと思っていいのかしら？　この前、お兄さまと会ったとき、あなたは病気なのではないかと尋ねられたわ」

マッテアは笑ったものの、頬は赤く染まっていた。癇癪を起こしたわけではなく、新鮮な空気を吸っていつもよりずっと機嫌はいいようだ。

「退屈すぎてなにもする気が起きないのよ」マッテアは言ったが、笑いを噛み殺す姿が嘘だと物語っていた。「心配しないで。チェーザレの低い目標を達成するための時間はたくさんあるんだから」

この数週間、ベアトリスは夕方に一人になると考えこんだ。最初、マッテアは普通の十代の女の子がすることをしたいと訴えた。音楽を聴いたり、門限までには帰ってくるから外出したりしたいと。けれど、ベアトリスは許さなかった。

〝あなたには半径百六十キロ以内に友達が一人もいないでしょう〟彼女はきっぱりと言った。そういうふうに考えたのは少女が自分と同じ問題児にしか近づかず、次にどんな騒動を起こそうかとばかり考えているからだ。しかし、面と向かって指摘はしなかった。〝だから、トラブルに巻きこまれるのが関の山よ。許可できないわ〟

〝偉そうな家庭教師と見るのは恥ずかしい映画を見たいかもしれないじゃない？　チャットやビデオ通話で友達と話すことをさがしたいのがだめなの？　一人になりたいと思うのも〟

〝私の目の届くところにいる限り、一人でなにをしてもいいわ〟ベアトリスは穏やかに言った。〝ヘッドフォンで好きな音楽を聴いてもいい。人と遊びたいなら、もっと大きくなったときに役に立つゲームを私が教えてあげる。見たい映画があるときは、私のことは気にせず見ればいいわ。もし私に対する悪口や文句のメールを友達に送りたいなら、どうぞご自由に。でも、そうするのは私がいる部屋でお願いね。これがルールよ〟

その日、マティアはベアトリスをけなすメールを打つのに忙しくて、いつも以上におとなしかった。

ところが少女は、ベアトリスが言った時間の過ごし方に驚くほどあっさりなじんだ。ある日はゲームをし、またある日はテレビで映画を見た。ベアトリスが思ったような反応をしないとわかると、映画にはあまり積極的でなくなった。そして夜になるとたいていベアトリスが読書をしているかたわらで、何時間も携帯電話やノートパソコンで文字を入力しつづけた。

ベアトリスは、このマッテアの行儀のよさはルールを決めたからではないのではと思いはじめていた。少女が急に素直になりたいと思ったわけでもないはずだ。

マッテアがいちばん無鉄砲なまねをするのは、まわりに人がいるときだった。一人でいる今なら、母親の話をしてもらうことができるかもしれない。

「お母さまとはよく一緒に過ごしていたの？」ある日の午後、ベアトリスはトランプのカードを配りながら尋ねた。

マッテアがカードを手に持ち、目の前に広げた。

「ママが家にいるときはね」

「そのときはなにをしていたの？　決まってしていたことはある？」

「ママはパーティが好きな人だったわ。だから私におしゃれさせて、楽しみ方を教えてくれた」マッテアが顔をしかめ、カード越しにベアトリスを見た。

「なんでそんなことをきくの？」

　ベアトリスは少女を見つめ返した。鼓動が速くなったものの、無表情を保とうとする。なぜ私はマッテアの母親について質問したのかしら？　少女が気になるからだと自分に言い聞かせてみても、それ以上の理由があったのはごまかせなかった。

　もしかしたら私は、自分と母親が過ごしたよりも長い時間を過ごすのがどういう感じなのか、ききたかったのかもしれない。どんなものか知らないから、実感してみたかったのかもしれない。そうすれば、生まれてくる赤ん坊もできる限り愛せるようになると思ったのかしら？

　ベアトリスは咳ばらいをした。「私の母は私が七歳のときに亡くなったの。まだ小さかったころ、母が絵本を読んでくれたのを覚えているわ。もう少し大きくなったときには夕方になると散歩に出かけて、その日あったことを話し合ったの。そんなふうにしていると、すごく大人になった気がしたものよ」

　マッテアは鼻で笑いこそしなかったものの、それに近い反応をした。「すてきな思い出ね」口ではそう言ったけれど、本心ではないのは明らかだった。「ママは違っていたわ」

「じゃあ、どんな人だったの？」

「ママはパーティを開くか、パーティに行くかだった。朝は寝ていて、午後になると起きてきて、何時間もかけて着替えてから出かけるの。着替えている間、私はママにつき合わされて、どうすればすねた顔が魅力的な女性になれるかを教えこまれた。香水を吹きかけられたり、シャンパンを飲まされたりしたこともあるわ。八歳のときは、恋人とダンスを踊る方法を教えてくれた。私との写真を撮りたがったこともあったけど、それはママが若くはつらつとして見えるときだけだった。大人になった気なんて一度もしたことないわ」ベアトリスを見つめる青い瞳は寒々しく悲しげだった。「大人というより、私はママが飼ってるハムスターみたいだった」

ベアトリスは苦労して反応するまいとした。胸にわきあがった深い同情と、娘をもっと大切にするべきだった亡き女性にぶつけたい怒りをあらわにしたとしても、マッテアは反発するだけだからだ。話を続けさせたいなら、平静を装うしかなかった。「お父さまとはどうだったの？」

「ああ、パパは子供の存在を覚えてなかった」ベアトリスが無言で見つめていると、マッテアが肩をすくめた。「だから、私を見ると必ず驚いたわ。ものすごく」

ベアトリスは舌を噛みながら、手持ちの何枚かのカードを捨てて新たなカードを取った。

「チェーザレが訪ねてくるのは、いつも最高に楽しかったわ」しばらくして、少女がなんの前ぶれもなく言った。「彼と一緒に暮らすようになったらずっと同じ感じなんだと思っていたけど、そうでもなかった」

「どうしてだと思う？」ベアトリスはきいた。

マッテアが彼女を見て、それから下を向いた。「ミス・ヒギンボサム、あなたと同じで、私は自分がどんな人間かわかってる」

そこで急にいやになったらしい。少女は自分のカードをテーブルの上に放り投げると、くるりと向きを変えてお気に入りのソファに戻り、携帯電話を持ってまるくなった。それからしばらく顔を上げなかった。

〝あなたが寝ろって言ったからって、私は言うことを聞いたりしないから〟マッテアは最初の夜、そうどなった。〝もう十五歳なのよ。子供じゃないわ〟

〝家から抜け出したいなら抜け出せばいいわ〟ベア

トリスは平然と言い返した。〝でもあなたが外出するのを見たら、私のところに連れてくるように使用人には言ってあるの。マッテア、あなたが部屋にいないとわかったら、私は自分の部屋の床であなたを寝かせることにするわね。どう思う？〟

〝そんなの、チェーザレが絶対に許さないわよ〟少女が反論した。

しかし、マッテアは家庭教師が本気かどうか知りたくなかったようで、それ以来こっそり家を抜け出さなくなった。

家族について話し合い、マッテアの自尊心を垣間見た今、ベアトリスはすべての材料がそろってしまったと思った。彼女は就寝時間になったと告げ、マッテアを信じて部屋をあとにした。けれど自分の部屋には行かなかった。

代わりに階段を下り、使用人用の階段で家政婦のミセス・モースに出会うとほほえんだ。

「お休みですか？」キアヴァリ邸のすべての住人のスケジュールを把握している年配の女性が尋ねた。

「今夜はマッテアがなにかをくわだてる夜になりそうなんです」ベアトリスは言った。「だから、あの子をつかまえるのにもってこいの場所にいようと思って」

ミセス・モースはため息をついた。「最近は心配になるほどおとなしかったですものね。ついてきてください。抜け出すときにいつも使っている場所を教えましょう」

夏の夜は美しく、満天の星がまたたいていた。ベアトリスは庭の物陰にあるベンチに座った。そこからはマッテアの寝室の窓がよく見えた。

少女が行動を起こすのを待つ間、彼女はチェーザレのことを考えていた。

彼は最近、私を品定めするような目で見る。

苦しい胸から、ベアトリスは息を吐き出した。

チェーザレはまだ婚約していない。

毎朝、ベッドから出る前に携帯電話で彼が婚約したかどうかを調べるのは、ベアトリスにとって恥ずかしい秘密だった。そして顔を洗い、おなかの赤ん坊を一人きりで愛でると、母親であるのをやめて家庭教師になる準備をする。頭皮が痛くなるまで髪を引っつめて眼鏡をかけ、大きくなったおなかを隠すためにだぶだぶの服を着るのだ。

そんな自分の姿も心の底から恥じていた。

目覚めてチェーザレがまだ婚約していないとわかって希望を抱く日々も、悲しいというほかなかった。これでは異父兄は結婚しないのでは、と期待していたマッテアと同じだ。

ひょっとしたら私の行動は恥ずかしいというより、病的なのかもしれない。

「すばらしい夜だな」チェーザレの声がした。頭上の星々を眺めて、庭園のローズマリーと花の香りをかいでいたせいで、ベアトリスは自分がおかしな想像をしたのかと思った。

夢を見ているのかとも疑ったけれど、自分をつねってみると、まだ庭園のベンチに座っていた。そしてチェーザレは庭園の奥、高い垣根の陰のかつては迷路があったという場所からふいに現れた。

彼が夜、歩いているのは健康のためなのだろうか？　朝、マッテアと私が散歩をしているみたいに。

ベアトリスの心臓が胸の奥で恐ろしい音をたてて打った。

しかし彼女はいつもと同じく、チェーザレに取りすました笑みを向けた。「本当に。でも、ここはいつもすばらしいと思います」

自分がなにに同意しているのか、ベアトリスはほとんどわかっていなかった。

「あなたが外に出て、夜の空気を吸うのが好きだとは知りませんでした」

必死に言葉をさがしても、チェーザレの行動を説明する言葉はほかに見つからなかった。まるで大きな豹が自分に忍びよってきたかのような反応をするわけにもいかなかった。そんなことをしてもいい結果にはならない。

ヴェネツィアで踊ったことは考えまいとした。人がひしめいていたあのワインバーや、二人きりだった橋の上でのことは。

それに、彼の部屋に行ったことも。

あのときチェーザレは情熱について語り、私の中にもそれがあると教えてくれた。

やわらかな月明かりに照らされながら、ベアトリスは気づいた。私は目の前にあの夜と同じ男性がいるのがいやなのだ。

そして、彼が私に気づいていないのも。

そんなふうに考えてもしかたないのに。

ベアトリスは膝の上で手を組み、背筋を伸ばした。

「星の降る夜が嫌いな人はいませんよね、ミスター・キアヴァリ」

チェーザレが彼女をじっと見つめた。視線をそらしてから、また同じことをする。

それから隣に座ったので、ベアトリスはひどく混乱した。

近すぎる。彼女はパニックに陥っていた。こんなにそばにはいたくない。なぜなら二人は一度、誰よりも――。

しっかりして。ベアトリスは自分に命じた。彼が見ているのは家庭教師の私なのよ。

「そろそろ、僕をチェーザレと呼んでくれないだろうか？」彼はまたしてもベアトリスをうろたえさせた。「君と僕は協力して一つの大きな目標の達成をめざす者同士なのだから、ベアトリス」

チェーザレの口から自分の名前を聞いたらどんな気持ちになるのか、彼女は考えるのを禁じていた。

そんな機会があるとは思えなかった。しかし実際耳にしてみると、その響きは熱い蜂蜜のようだった。想像していたよりもずっと魅惑的でセクシーだ。

それに危険極まりない。

「私はあなたの態度が堅苦しくてもかまいません」ベアトリスは言った。

「僕はそうは思わない」彼が首を振った。

ベアトリスは動けなくなった。体温が急上昇するのを感じてもどうすることもできず、組んでいた指をいっそうきつく、痛いほど組んだ。今、自分の身に起こっている反応をチェーザレには絶対に知られたくなかった。そうなったら耐えられない。

彼女は全力で冷静なふりをしてみたものの、六年前にアヴレル・アカデミーの校長になって以来初めて自身の演技が功を奏したかどうか確信が持てなかった。

「もちろん、最終的な決定権を持っているのはあなたですから」ベアトリスは言った。「その言葉が最大の挑発になるのはわかっていた。

そよ風にのってチェーザレの笑い声が聞こえてきたので、彼女は驚いた。ヴェネツィアのキアヴァリ邸での夜以来、聞いたことはなかった。とにかく、毎朝、目を覚ますたびに思い出しては生活ではない。けれど。

これは罠よ、と彼女は自分に言い聞かせた。とはいえ賢明な女性なら立ち去るところなのに、立ちあがって逃げ出しはしなかった。

「君がわかっていてくれてうれしいよ」しばらくして彼が言った。「疑わしげな口調ではあっても」

ベアトリスはなにが起こっているのか理解できなかったものの、頭がくらくらしているのはチェーザレが最近自分をよく見つめていたことと関係がある気がした。彼の婚約が遅れていることとも関係があるのかしら？

チェーザレがそばにいるだけでうろたえてしまうにもかかわらず、ベアトリスは自分の狼狽を隠すのが得意だった。隠せているよう願っていた。

彼女は姿勢を崩さないことに集中し、冷静な口調を心がけた。「あなたの妹が今にも寝室の窓から抜け出してくるかもしれないんです。私はマッテアの気持ちを詮索するという大きなミスを犯しました。だから、彼女はできるだけ早く騒動を起こそうとすると思います。過去にしていたことをすれば落ち着くでしょうから」

「僕は逆だと思う。騒動を起こせば、感情が高ぶる一方じゃないかな」

「騒動を起こせば、その原因となる人のことだけを考えていられます」ベアトリスは年下の教師に使っていた口調で言った。鼻で息はしないようにしていた。あたりにはチェーザレの香りが漂っているからだ。松とローズマリー、そしてもっと温かみのあるなにかの香りが。かつて私はそのなにかを、彼の肌に口づけして存分に味わった。興奮の証も。そう思うと、ドレープのある服の下で胸が重みを増した。

「それに、自分がいかに誤解されているかという点にも。感情的な問題を話し合うのはとてもむずかしいものです。傷つきやすい部分を見せなければいけませんし、たいていの人はそうするのを避けがちです」

「だがベアトリス、君は違うだろう。君は並みの人間ではなさそうだ」

彼女は弱々しい笑みをチェーザレに向けた。「そんなことはありません。私はいつも自分を弱い人間だと思っています。両親を早くに亡くしたせいでしょうね」

「君は、僕も両親を早くに亡くしたことを知っているのだろう？」ふたたび響いたチェーザレの笑い声は太陽のようだった。「だが、僕はそのせいで自分を弱いとは思っていない」

賢明ではないと知りつつも、ベアトリスは彼に向かって顔をしかめた。「あなたはとても裕福ですけれど、両親を亡くしてから私は極貧だったうえになんの選択肢もなかったので、自分で自分の道を切り開くしかありませんでした。おまけに私は女性です。女性はつねに自分の弱さを思い知らされる。それが世の常なんです」

「親が恋しいのは君だけじゃないよ、ベアトリス」

その言葉は胸に深く突き刺さった。彼女は息を吸い、膝の上で握りしめていた手にいっそう力を入れた。「私はそんなことをひと言も言っていません。思ったこともありません」

チェーザレがベアトリスのほうを向いた。「僕に特権がないとは言わないが、そこには高い代償が伴う。それでも君にとっては攻撃する理由になるのかな？　それとも、十八歳になったとたんキアヴァリ家の当主になったときのことを、一つずつ話したほうがいいだろうか？」

ベアトリスはそうしてもらいたかったけれど、そんな望みを抱くのは危険だった。月明かりに照らされたこの庭園のベンチから立ち去れなくなってしまったら大変だ。その結果、深刻なトラブルに直面したらどうすればいいの？

そういう事態は絶対に避けなければ。

「当主として失敗したとして、どうだというのでしょうか」彼女はいつもの穏やかな口調で言った。「あなたはお金持ちじゃなくなるだけでしょう？　だから私と同じではないのです。でも、ご両親を失った喪失感は癒やされませんよね。そのことは残念です」

チェーザレが勢いよく息を吸う音がした。

「驚いたよ、ベアトリス。君はそれほど軽蔑している人たちの気まぐれに何年もつき合ってきたんだな」しかし今度の口調は皮肉めいていた。チェーザレが身を寄せてくると、ベアトリスは彼の広い肩幅のせいで星が見えなくなった。彼女を見つめるチェーザレのまなざしは激しかった。それからありえないことに彼の指がベアトリスの顎に触れ、数カ月前の夜のように顔を上げさせた。「君の大切な生徒たちに、君がずっと彼女たちを憎んでいたと言ったら、どんな反応をするだろう？」

どういうわけか、ベアトリスはもはやチェーザレが別の話をしているとしか思えなかった。これは危険だ。私には手に負えない気がする。

なのに同時に、体は熱く甘い蜜みたいにとろけている。

彼女は身を引いて立ちあがった。そして顔に触れていた彼の指の感触を思い返してはだめよ、と自分に言い聞かせた。

今も、これから先もだめだ。私はチェーザレの子を宿しているのに、彼がヴェネツィアで会ったことなどないという顔をしている間は。

しかし暗闇のせいとわかっていても、目の前にいるチェーザレはそんな顔をしているように見えなかった。「私はもうアヴレル・アカデミーを辞めた人間です。だから、好きなことを好きなだけ話してください。もし私が気に入らないなら、これまでの報酬を支払ってくれれば出ていきます」

本気ではなかった。出ていくつもりはなかった。とっさに口をついて出た言葉に、ベアトリスは驚きを隠せなかった。

「そうはいかない」彼が笑いを含んだ声で言った。

この人はあの夜みたいに、本当の私を見つけ出すつもりなのだ。

もう一度。

チェーザレも立ちあがって近づいてくるはずと思

って、ベアトリスは全身を硬直させた。そんなことをされたら、私は死んでしまう。近づいてこられなくても死ぬだろうけれど。

しかし悪いことに、彼はまた笑っただけだった。

いいえ、そのほうがましよ、と彼女の中のなにかがささやいた。

チェーザレが顎でベアトリスの注意を建物のほうへ向けた。マッテアの部屋の窓へ。

ベアトリスは自分たちがどこにいるのかを、なに に注意を払うべきなのかを思い出した。見ると、強盗みたいな黒ずくめの格好をしたマッテアがバルコニーの手すりを乗り越えようとしている。ニット帽をかぶっているのも寒いからではなく、髪を隠すためだろう。

無意識にベアトリスは暗がりにあるベンチのほうへ、チェーザレのそばへ移動した。

「あの子はどこに行くつもりだと思う？」彼がきいた。

「マッテアはここ以外に行くところがないのをよく知っています」ベアトリスは静かに答えた。両腕を前で組んでいるので、やわらかな胸が重みを増しているのに気づいた。そうなっているのは妊娠だけが原因ではなかった。脚のつけ根には途方もない熱も渦巻いていた。「ということは、騒動を起こそうと考えているのでしょう」

「アヴレル・アカデミーの校長として無限の知恵を持つ君は、この事態をどうすべきと思っている？」

ベアトリスは自分を、人生でいちばん賢明でないと感じていた。どちらかといえば心の底ではチェーザレに注目してほしいと思っていたから、マッテアに奇妙な親近感さえ抱いていた。賢明だったら彼が自分を覚えていないとわかった瞬間、立ち去っていたはずだ。

でも、もはやすべてが遅すぎる。自分が生徒たちにしていたことを思い返し、彼女は必死に筋道立てて考えた。「マッテアはあなたの注目を一身に浴びたがっています。でも、あなたが激怒したときにしか希望どおりにはならないと思っている」

「君はまた、僕が妹をないがしろにしているというのか？」

ベアトリスはチェーザレを見た。「最近、マッテアがおとなしくしていたのは、私が気を配っていたからだと思います。アヴレルで過ごした一年間を考える限り、彼女が求めているのは養育者からの、誰の目にも明らかな強い関心に違いありません。自身の両親からは、そういうものを与えてもらえなかったのでしょう」

けれど返ってきたのは沈黙のみで、ベアトリスはしまったと思った。私はこの人を知らない。一夜をともにしたとはいえ、だからといって彼の頭の中で今なにが起こっているのかわかるわけではないのだ。

チェーザレが言った。「僕が妹をないがしろにしていると、君は思っているようだが」低い声で続ける。「僕はあの子に無関心だった両親とは違う」

彼女は胸の奥が震え出したのに気づいた。ずっと封じていたものを閉じこめておけなくなっていた。

「私は心理的な駆け引きをしてはと思っています」ベアトリスはチェーザレを見ずに言った。そんなことをする勇気はなかった。今夜は自制心をあてにできる気がしなかった。「私の読みが正しければ、マッテアは反抗心から騒動を引き起こすでしょう。でもあの子がどんなことをしようと、なにも言わないでほしいのです」

「それでは義務を果たすことも、自分の行動の結果から学ぶこともできなくなると思うが」彼がうなった。

「私たちの目的は別のところにあります」ベアトリスは考えるより先に言い返した。「お説教をしているだけではマッテアの心は理解できないと思います。あの子はすでに、ありとあらゆるお説教を受けているのですから」

チェーザレの瞳はとてつもなく青く、ベアトリスにヴェネツィアの夜の情熱を思い出させた。かつて味わい、身を任せた情熱を。しかし、彼女はそれに耐えられるほど強くなかった。彼の目に熱はなく、ただ冷ややかなだけだったからだ。そんな反応をされることも、チェーザレの前にいることもつらくてたまらなかった。

けれど、ベアトリスはいつものようにとにかく強いふりをした。

そして、チェーザレがなにをしようと関心はないという表情でほほえんだ。「もちろん、どうするのか決めるのはあなたです」

6

この女性は異父妹の意図を正確に読み取っていると、チェーザレは認めざるをえなかった。それなら、自分が正しい人材を選んだことを喜ばなくては。彼女を信じていなければ、代理人にあれだけの金額を提示するのを許可しなかった。

チェーザレとミス・ヒギンボサムが庭園から見ていると、マッテアはトレリスと丈夫な蔓(つる)をつたって寝室の窓からこっそり下りてきた。地面に飛びおりた少女は、離れの一つに歩いていき、そこをめちゃくちゃにした。

チェーザレは朝までにその場所をきれいに片づけさせ、使用人たちにもなにも言わないように指示した。すると同じ日のうちにミス・ヒギンボサムがやってきて、マッテアが人々の対応にひどくおびえているみたいだったといつもの笑顔でチェーザレに告げた。どんな脅しや説教よりも反応されないほうが大きな痛手になるのだ、ともつけ加えた。

反応こそが騒動を起こす者たちの狙いなのだから、と彼女は続けた。

とはいえ、マッテアの分別のない行動はそれからも続いた。何度も。

しかし異父妹が暴れてどれだけの被害をもたらそうとも、チェーザレはやはり朝までにもとどおりにさせた。異父妹の寝室の窓を見張らせ、夜になって抜け出したら見つからずに跡をつけろと命じた。そのうちゆっくりと少しずつではあったものの、マッテアが騒動を起こす頻度は減っていった。

一度も雷を落としたり少年院に入れるなどと脅したりせず、異父妹の態度を変えさせたのだ。

チェーザレが理解できなかったのは、なぜそのせいでいらいらしているのかということだった。

というより、いらいらしている相手はマッテアではなく、ミス・ヒギンボサムだった。理由は説明できない。手に負えない異父妹をおとなしくさせたからではない。そのことはうれしいと思っている。しかし、家庭教師は意識せず僕を当惑させてしまう。

ミス・ヒギンボサムを理解できないことも、彼女が自分に与える影響も重要な問題になりつつあった。ヴェネツィアの夜の夢も厄介だった。どんなに必死に努力しても、彼はあれから何度も同じ夢を見ていた。

あの夜、暗い庭園でミス・ヒギンボサムが座っているのを見たときは、夢でも見ているのかと思った。それ以上歩くことはできなかった。

そしてその夜以来、チェーザレは彼女を避けるようになった。

「立ち入った話をしたいのですが」週に一度の報告時に、ミス・ヒギンボサムが堅苦しい口調で切り出した。もう七月も終わりに近づいているころで、チェーザレは家庭教師が内側から輝きを放っているふうに見えるのに気づいた。そのようすが気になってしかたなく、目をそらせなかった。もしミス・ヒギンボサムを月の隣に置いたとしたら、月よりも明るいのではないだろうか？

どうしてそういう詩的な表現が、これまで一度も詩を書いたことのない自分の頭に思い浮かんだのか、チェーザレは不思議でたまらなかった。

「ずいぶんめずらしい申し出だな」彼はいかめしい調子で応じた。「だが、聞かせてくれ」

デスクの向こうにいるミス・ヒギンボサムのはしばみ色の瞳が、チェーザレの目をとらえた。「今回の仕事は一時的なもので、あなたの婚約と結婚を前提にしていました。私は二つが夏の間にあるものと思っていたんです。この夏の間にあるものと」

チェーザレは、どうして羽をふくらませたふくろうそっくりの女性に、ずっと考えていた婚約と結婚のことを言われるのがこんなにも気に入らないのか説明できなかった。それにしても、この女性は日に日にまるみを増していくようだ。

自分の義務に関してぐずぐずしたことなどないのに、今回に限ってはなぜ何カ月も先延ばしにしているのだろう？

彼はできる限り傲慢な表情に驚きをにじませてミス・ヒギンボサムを見つめた。「どんな事情があってそういう話題を僕に持ち出したのか、理解できないのだが」

「明日から八月です」彼女がいつもマッテアに対して使っている、やさしくも強い言い方で告げた。チェーザレは異父妹と同じ扱いをされたようで納得できなかった。「時間はどんどん過ぎています」

椅子に座り直したチェーザレは、報告を自分の書斎で聞くことに変えておいてよかったと思った。美しいテラスで家庭教師と会うのではなく、デスクのガラス天板の下にある父親の手紙を眺めて正しいことをするのだ。彼女にはすでに雇い主という立場を超えた話をしすぎているが。「僕がいつ結婚するかがそんなに問題か？」

ミス・ヒギンボサムの目がきらりと光った。「私は八月末までしかここにいられないということを、あなたには知っておいてもらいたいのです」

チェーザレが眉を上げると、彼女の顔が赤くなった気がした。なぜ僕はそうなってほしいと思ったのだろう？　どういう意味があるんだ？

「それが契約の条件でした」

その事実がチェーザレの心をかき乱す理由はなかった。目の前の女性がどこの国の出身であろうと、帰った先でどんな人生が待っていようと、僕が気にするわけがない。

「偶然なんだが、僕は盛大なパーティを開こうと思っている」そう言う自分の声が聞こえた。「もちろん、僕が花嫁にしたい女性も来る。このパーティでプロポーズしようと思っているんだ」そしてミス・ヒギンボサムを見た。「その計画が君のお気に召したならいいんだが」

部屋に緊張が走るのを感じたのが自分だけとは、チェーザレは思わなかった。

「出すぎたまねでしたなら謝ります」ミス・ヒギンボサムが言った。しかしチェーザレをじっと見つめる目は冷ややかで、彼は謝られているのかどうか疑問に思った。「ただ、私はいつまで働けばいいかが知りたかったんです。わかってもらえますでしょうか？」

チェーザレはわからなかった。

パーティを開きたいと伝えると、家政婦は一瞬、理解できないという顔をした。

「それは来年に、という意味なのですよね？」ミセス・モースが唾を飛ばさんばかりの勢いできいた。

彼女は一度もそんなことをしたことがなかった。

「いや、来週の話だ」チェーザレはうなった。

チェーザレが何事にも動じない家政婦を雇ったのは、寄宿学校を卒業してイギリスを離れ、イタリアに戻ってキアヴァリ家の当主となる直前だった。ミセス・モースは当時、何百年と先祖をさかのぼれる由緒正しい家柄の少年たちが通う寄宿学校で寮母を務めていた。十八歳の彼の目に、ミセス・モースは驚異としか映らなかった。

今でもそうだ。

なぜなら雇い主の返事に、彼女は無理をしてほほえんだだけだったからだ。「ミスター・キアヴァリ、夏にパーティを開けばみなさまに喜ばれるでしょう」そして家政婦は準備に取りかかった。

たいていの人は、急に盛大なパーティを開いたとしても出席してくれる客がいるとは期待できない。ましてや真夏のこの時期は、何カ月も前から多くの人がどこかに出かけているのが普通だ。

しかし、主催者がチェーザレ・キアヴァリなら違った。人々はつねに彼の言いなりだった。それにトスカーナの宝石として何世代にもわたって知られているキアヴァリ邸を訪れる機会を、ヨーロッパに住む誰もが喉から手が出るほど望んでいる。寛大なところを見せるためと、異父妹に礼儀作法について考えさせるため、チェーザレはマッテアに友人を招待してもいいと言った。

しかしパーティの日が近づくにつれ、彼は正しいことをしている気がしなくなった。

もしチェーザレ・キアヴァリでなければ、その感情を動揺と呼んだかもしれない。しかし彼は動揺する人間ではなかった。自制心を欠くことも己に許さなかった。

それでも夜遅くまで眠れずにはいた。その間、角度を変えて見れば気持ちも変わるかもしれないとばかりに、婚約指輪を手に取ってくるくるまわしていた。

どんなに努力しても、マリエルの細い指にその指輪をはめる自分の姿は想像できなかった。

自分が生まれる前に亡くなった祖母の指輪について考えるより、チェーザレはヴェネツィアのホテルでシーツをきつく握りしめていた女性の指を思い浮かべた。その指は彼の背中に食いこみ、肌に残された跡は治るのに長い時間を要した。しばらくすると跡は消え、どこにあるかわからなくなった。

もっと悪いのは目を閉じて眠りにつくたび、ベアトリスの夢を見ることだった。

家庭教師のなにかに、彼は夢中だった。意味がわからない。

だがパーティの夜がきたとき、チェーザレはすべてを克服したと確信していた。なぜなら、克服する必要があったからだ。今夜、僕はマリエルにプロポーズする。彼女をキアヴァリ家の当主の妻として迎えたら、一族の資産を受け継がせる次世代をもうけるのだ。

ずっと計画していた未来に向かって一歩を踏み出せば、深い満足感を得られるはずだった。次の段階に自信を持って進むときがきたのだ。長年、準備していた段階に。

チェーザレは自分にそう言い聞かせた。なのに今夜は胸がとてつもなく苦しかった。

パーティの招待客たちはすでに、キアヴァリ邸の客用寝室か地所内のあちこちにあるコテージに滞在していた。使用人たちは大邸宅を磨きあげ、いつも以上に輝かせていた。マッテアもパーティがあるため、夜に抜け出すのを最小限に抑えていた。最後に抜け出した夜は湖のほとりでしばらく座っていただけで、後片づけをする必要もなかった。

〝あなたの結婚を贈り物だと思わせるのです〟あのいまいましい家庭教師はそう言った。

今、チェーザレは大広間の大階段の下に立ち、パーティと自分の未来が始まるのを待っていた。見ていると、マリエルが客棟へと続くY字型の階段の片方から下りてきた。輝くようなドレスを身にまとい、一歩一歩ゆっくりと歩いてくる。

当然、チェーザレはマリエルを称賛するつもりだった。

そのとき、マッテアがY字型の階段の反対側を駆けおりてきた。異父妹が横を通り過ぎるとき、彼は顔をしかめていたが、少女の小ばかにした表情をとがめようとはしなかった。

チェーザレの視線はマッテアの後ろからやってきた、いつものだぶだぶの服のフォーマル版に違いないと思われる服を着た女性に向けられていた。家庭教師は髪を引っつめ、大きな眼鏡をかけて、唇にはほんのり口紅をぬっているようだ。

突然、チェーザレは長い間避けてきた不愉快な事実を突きつけられている錯覚に陥った。

階段の左側にはマリエルがいた。優美そのものの彼女は裕福な名家出身で、多くの男性には手の届かない女性だった。髪はブロンドですらりとしていて、歩くというよりすべるように足を動かす。長い首はきらびやかな宝石を見せるためにあるみたいで、顔はとても写真映えする。それにどんなときでも非の打ちどころのない装いをし、努力せずに人々にいい印象を与えられた。

そして階段の右側には、まるで羽をふくらませたふくろうそっくりの女性がいた。ミス・ヒギンボサムはどこから見てもふっくらしていた。暗い色の服を身にまとっているので、誰の目にも黒い球体にしか見えないはずだ。フレームが太く重そうな眼鏡は、顔のほとんどを占めていると言ってもいい。

ミス・ヒギンボサムは正確には使用人ではなく、招待客でもなかった。だが無愛想なミセス・モースでさえ、家庭教師のことは好きだと言っていた。マッテアを除くキアヴァリ邸の全員が同じことを口にしていた。

ミス・ヒギンボサムのあの引っつめた髪を下ろさせたらどんな感じなのだろう？　チェーザレは思い出せないほど何度も想像していたことをまた想像した。彼女の髪はどうなっているのだろう？　長いのか？　豊かなのか？　引っつめていないときはカールしているのだろうか？

しかしそれは、チェーザレが異父妹の家庭教師に抱く執着のほんの一部にすぎなかった。

理解できないが、しばらく前からそうだった。今、マリエルとベアトリスを同時に目にして初めて、彼は自分が不可解な状況にいるのに気づいた。

結婚したいと思っていた女性を、僕は望んでいない。もう一方の女性ほどには。マリエルに対して不安になるくらいの深い飢えは抱いていない。

僕が欲しいのは、あのふくろうのほうだ。

ほかの人間なら破滅的と言われるほどに。

ミス・ヒギンボサムの落ち着き払った視線がこちらを向いて、はしばみ色の瞳の奥がきらめくたび、チェーザレは相手もそのことを知っているのではないかと疑った。

だが、疑ったところでなんの意味もなかった。今も、これからもそうだ。心の声がうなった。

理由ならいくつもあった。いちばん大きな理由は、名家出身の愛らしいブロンド女性が、階段をすべるように下りてきてチェーザレの前に来たからだ。彼に称賛されるのを期待して。

それさえもできないとは、僕はいったいどうしたんだ?

「あまり注文をつけたくはないんだけど」しばらくしてマリエルが静かに言った。「でも一緒にいる間は、私一人に注目してもらいたいわ」

彼女のまばゆい笑みを、チェーザレは魅力的だと思うと同時に冷や汗をかいた。なぜなら、彼はほほえみを武器として使う女性を求めていたからだ。近よりがたかったり、非難めいていたり、こちらを品定めしたりするほほえみの持ち主を。血筋のよさや、完璧な礼儀作法は求めていなかった。

そんなことを考えていると、ミス・ヒギンボサムが二人の後ろを通り過ぎ、チェーザレは家庭教師を意識せずにいられない自分に気づいた。

そして、そういう自分をあたりまえだと思った。

「申し訳ない、マリエル」彼はつぶやき、マリエルの腕を引きよせた。「向けるべきところに注意を向けるよう努力するよ」

しかし、チェーザレの注意はミス・ヒギンボサムの決然とした足音に向いていた。彼女は大広間から、開放的で風通しのよいサロンへ入っていった。

あのふくろうそっくりの女性にうるさく言われていなければ、異父妹がどこにいるのかチェーザレは気にもしなかっただろう。異父妹の世話をさせるために雇った者がすればいいと思っていたはずだ。

マリエルをサロンへ案内すると、そこにはパーティを控えた招待客たちが集まっていたが、十五歳の少女はいなかった。チェーザレは彼らと語り合う気になれず、これが自分の人生の楽しみなのだろうかと思った。紳士的な雰囲気の中で世間話や思い出話をすることが。カクテルを飲みながらの会話が単なる暇つぶしでしかないとは、これまで思いもしなかった。なのにそんな娯楽を芸術の域にまで高めるべきだと考え、そうできない人々を批判する人々がいる。彼らは機知には富んでいるかもしれないが、実は怠惰で、ほかにすることがないだけなのだ。

チェーザレはグループから少し離れたところに立ち、マリエルが生まれたときから教えられてきた社交術を駆使するのを眺めていた。もちろん、彼女はとても巧みだった。だからこそ、彼は自分の結婚相手に考えたのだ。

マリエルは非の打ちどころのない女性だった。無垢ではあっても屋敷に閉じこめられて成長したわけではなく、聡明で教養があった。走るのが好きで、レースに出ては記録の更新を続けている。大学ではさまざまな分野に興味を持ち、卒業後は慈善団体の活動に携わっているらしい。だが彼女はそこに名前があるというだけでなく、かなりの時間、実際に自ら行動して貢献してもいた。チェーザレはそこまですることを妻に求めていなかったものの、マリエルの献身的な姿勢には感心した。

しかしもっとも重要な点は、マリエルがなによりも一族の資産を重んじるように育てられてきたということだ。彼女の一族にも資産があった。チェーザレが将来について質問したように、マリエルも彼に同じ質問をすると、キアヴァリ家の一員になるとはどういうことなのか、自分の子供たちは世間からどのように見られるのか、そしてその子たちが両親の血筋に敬意を払って生きていくにはどうすればいいのかを知りたがった。

マリエルは自身の価値を知っていて、それに見合った扱いを期待する女性だった。

ところがチェーザレは自分らしく輝くマリエルを見ながら、美しいシャンデリアみたいだと思っていた。光は放つが、実力を発揮するにはまわりに頼らなくてはならないところがよく似ている。

グループから離れた彼は、自分の行動をパーティの主催者としてほかの招待客に挨拶するためだと言い訳した。だがそれもすぐに忘れて、気づくとサロンの隅で固まっている十代のグループへ近づいていた。

その真ん中にいるベアトリスは神秘的な月の光でもまとっているかのようだった。まるで月そのものにさえ見える。

彼女はチェーザレを見ると、グループから離れた。

「ミスター・キアヴァリ、あなたには子供たちを監視するよりもっとすべきことがあるはずです」きっぱりとした言い方は、自分の言葉を十代の子たちにも聞かせているみたいだった。

チェーザレにはまったく関心がなさそうで、彼は腹をたててもよかった。

ほかの状況で、相手が違っていればそうしていただろう。

「問題がないか確認しているんだ」なにか言わなくてはと思い、チェーザレは口を開いた。

招待客を待たせてまでなぜベアトリスをさがしたのか、理由を説明したかった。異父妹に視線をやると、マッテアは頬を上気させ、騒動を起こす前のような目をしていた。

「あの子たちはなにかたくらんでいるんじゃないか？」チェーザレは言った。

ベアトリスは彼の視線を追わなかった。「それはそうでしょう。十代の子たちですから。なにかたくらむのが仕事なんです。あまりよくないことなんでしょうが、被害は最小限に食いとめます」

「君は騒動を防ぐのが仕事だろう」

「私の仕事は今夜スキャンダルが巻き起こって、ネットを騒がせないようにすることです」ベアトリスが穏やかかつ忍耐強い笑顔で言った。「だからあの子たち全員から携帯電話を預かり、使用人にも注意喚起をしました。だから、あなたはパーティに集中してください」

その瞬間、彼はパーティをすっかり忘れていたことに気づいた。

自分の中でなにかが引っくり返った気がした。その事実は無視できないなにかの暗示に思えた。

それでも、チェーザレは必死に無視しようとした。

しばらくして彼は晩餐のテーブルについた。ベアトリスは十代の子たちと一緒に座り、いつもの笑みを浮かべている。音楽とともに聞こえてくるのは楽しそうな笑い声ばかりで、彼らはおとなくしていた。

チェーザレはずいぶんそちらを見つめていたに違いない。右側にいたマリエルがテーブルを見渡し、彼のほうに向き直るとにこやかに笑った。「あなたの妹さんと知り合うのが楽しみだわ、チェーザレ」言葉を切り、慎重に続けた。「とても興味深い女の子みたいだし」

マッテアを非難された気がして、彼はいらだちを覚えた。マリエルに向かってかすかに顔をしかめる。

「あの子はいろいろ苦労してきたんだ」

「私はね、チェーザレ」マリエルが手を伸ばし、おおぜいが見ている前でテーブルに置かれた彼の手に重ねた。「成長期にある彼女のお手本になれればと思っているの。評判とは将来にかかわるものだわ。ときには本人の望まない影響をもたらすこともある」

チェーザレはマッテアにどんな評判があるのか、語ろうとは思わなかった。僕は一つ見落としていた。マリエルもそうだが、僕と結婚した女性はマッテアをしつけるのを自分の仕事だと考えるのでは？

そんなことには耐えられなかった。

なぜなら、異父妹のために最善を尽くしてくれると信じられる女性は、ただ一人しかいなかったからだ。マッテアを叱ってもいいと思えるのも、キアヴァリ家の令嬢としてではなく、一人の女の子として話しかけてもいいと思えるのも。

僕が照明器具にたとえたようなお手本を自称する

女性を、マッテアが必要とするとは思えない。

「マリエル」チェーザレは彼女の手をつかんで呼びかけた。

すると、相手の女性の顔にパニックの影がよぎった。いや、あれはもっと別のなにか、決心のようなものだったのかもしれない。

なんだったのかはわからなかったが、マリエルが身を乗り出した。そして彼になんのそぶりもないのに、唇にすばやくキスをした。

それから向きを変え、テーブルの左右にまばゆい笑みを振りまきながら、この瞬間にはまったくふさわしくない歓喜に満ちた笑い声をたてた。

ほかの招待客たちが静まり返る。マリエルはそうなるとわかっていたのだ。

「チェーザレと私は結婚するの！」彼女が両手を胸にあてて声をあげた。

チェーザレの頭の中の冷静な部分は、マリエルを責めることはできないと考えていた。僕はプロポーズをするつもりだと彼女に言ったくせに、実際にはなかなかしなかった。マリエルとの結婚はビジネス上の契約に等しい。彼女が僕の言葉を現実のものにしようとしたとしても、なんの問題もないはずだ。

マリエルは見事にそれをやってのけた。今は涙をこぼしつつ、立ちあがって二人のまわりに集まってきたほかの人々から、祝福のハグを受けたりお祝いの言葉に礼を述べたりしている。

そんな彼女を、チェーザレはとめられずにいた。友人たちや知人たちに肩をたたかれ、お決まりの言葉をかけられる中、彼の関心はテーブルの端に向けられていた。そこに座る十代の子たちは困惑しているようだ。マッテアは険しく不安そうな顔をしている。

次にチェーザレはつらいとわかっていながらも、ベアトリスを見た。どうしてなのかはわからなかった。

家庭教師はじっと目の前にある空っぽの皿を見つめていた。しかしチェーザレの視線を感じ取ったのか、顔を上げた。

その一瞬、彼は部屋に二人きりでいるような錯覚に陥った。

自分と、ベアトリスの二人きりで。

彼らの間には互いを求めているという、ついに明らかになった真実があったが、気づくのが遅すぎた。チェーザレの胸は言葉にできない確信に締めつけられていた。

やがてベアトリスが視線をそらし、彼はなにかを失った気がした。

それ以上に、婚約した事実に押しつぶされそうだった。

7

パーティの翌朝、ベアトリスは早い時間に起きた。静まり返った大邸宅の中を歩きながら、彼女は考えた。しなければならない仕事があったからこそ、昨日の夜は無傷で乗りきれたのだ。

いいえ、まったくの無傷というわけではなかった。少しは傷を負ったと思う。

少なくとも、その場所が目に見えないのはわかっていた。別の女性と婚約した直後だというのに、チェーザレはまるで生きている女性がこの世に一人しかいないというような目でベアトリスを見ていた。

無傷でいられるなら、彼女はそのほうがよかった。できればそうでありたかった。時間がたてば傷が消える日もくるかもしれない。

しかし今のベアトリスは愚かな心を打ち砕かれたまま、これから先も生きていかなければならなかった。

マッテアはマリエルの発言に唖然とし、ベアトリスと同じくらい打ちひしがれていた。それからベアトリスを見たあと、このパーティを歴史に残るものにするつもりだと友人たちに宣言した。

〝そんなことをするのはやめなさい〟ベアトリスは少女たちに言った。

だが、十代の少女たちはすぐにばか騒ぎを始めた。ダンスの時間になると、彼女たちはワインのボトルを盗み、使われていない部屋に隠れていっき飲みし、つかまると笑い声をあげた。ベアトリスがようやく彼女たちをマッテアの部屋へ連れていったあとは、大音量で音楽を流した。あまりにうるさくて階下の洗練されたパーティの音はまったく聞こえなかった。

あれはただのパーティじゃなく、婚約パーティだったわ。ベアトリスの心の声がまるで死の宣告のように繰り返した。

少女たちは携帯電話を使いたいと懇願したが、ベアトリスは拒否した。すると、彼女たちは悲鳴をあげてものを壊そうとした。ベアトリスが壊れやすいものを避難させていなければ、部屋はめちゃくちゃになっていただろう。

しばらくすると、ベアトリスは冷たいタオルを渡して少女たちに額の汗をぬぐわせたり、ワインを飲みすぎた子たちにはバケツを用意したりした。

今は澄んだまぶしい朝の光が差しこみ、少女たちは眠っていたが、ベアトリスはこれからどうなるかわかっていた。

だからアヴレル・アカデミーで長年してきたように少女たちを容赦なくたたき起こし、彼女たちが泣き言を口にしても無視した。頭痛薬を配り、たっぷりと水を飲ませて、不機嫌な少女たちを葡萄畑までの散歩につき合わせた。

そしてそこを二周した。

うめき声をあげる少女たちと大邸宅へ戻ってくると、厨房からきちんとした食事を運ばせ、昨夜いかに暴飲暴食をしたかを思い知らせた。それから彼女たちをシャワーへやり、不必要だった化粧を落とさせて髪を洗わせた。ひと晩だけの滞在を許されたマッテアの友人たちを、飛行場へ向かうSUV車に乗せたのは昼過ぎだった。

その間ベアトリスは、チェーザレが婚約者としてマリエルとどんな夜を過ごしたか気にすることを一秒たりとも自分に許さなかった。

一瞬たりとも。

マッテアの部屋に戻ると、少女はテレビがある部屋のお気に入りのソファでまるくなり、眠そうにも泣きたそうにも見える顔をしていた。けれど、ベアトリスはぐったりしている少女を一瞥もしなかった。

彼女は部屋の中を忙しく動きまわり、できる限りきれいに片づけた。カーテンや窓やバルコニーのドアを開け、風と光を取り入れる。遅かれ早かれ、マッテアが元気になるのはわかっていた。

することが見つかってよかった。忙しくしている時間があるのがありがたい。チェーザレがついに、本当に婚約してしまったといつまでも鬱々と考えこんでいる暇なんて私にはないのだ。

婚約すれば、次は結婚が待っている。

それはもはや理論上の可能性などではなかった。毎朝、携帯電話で調べることでもない。今日わざわざそんなことをしなかったのは、ベアトリスがすでに答えを知っていたからだ。昨日、私はこの目で婚約した二人を見た。

少なくとも自分にはチェーザレが婚約を望んでいなかったように見えたのをどう思えばいいのか、ベアトリスはわからなかった。しかし、マリエルは婚約を発表した。

ベアトリスは強大な権力を持つチェーザレがマリエルの言葉を否定するのを待ったけれど……彼はなにも言わなかった。

代わりに、チェーザレはベアトリスを見た。その瞬間ベアトリスは、あの長い晩餐（ばんさん）用のテーブルにのって料理を踏み散らしながら彼のもとへ行きたいという愚かな衝動に駆られた。しかしその目的がチェーザレを婚約から救うことなのか、彼を引っぱたくことなのかはわからなかった。

わかっていたのは、自分はそんなことができる立場でもなければ権利もないという事実だけだった。

昨夜、少女たちが騒ぎはじめたとき、ベアトリスはありがたいと思った。というのも目の前では、ほかの女性との婚約を招待客全員から祝福されるおなかの子の父親がいたからだ。あのときは自分の気持ちを分析するよりも、はしゃぎまわる女の子たちの相手をしていたかった。

そのあとは少女たちを移動させ、頭が痛いとかおなかが痛いとかという訴えに対処するのに忙しかった。おかげで好きなだけまるくなっておなかを抱きしめ、かつてないほど遠くに感じられるヴェネツィアの夜に思いを馳（は）せる暇もなかった。

「どうしてじっとしてられないの？」マッテアがうめき、ベアトリスは自分がどこにいるのかに気づいた。私は仕事中だった。白昼夢にひたっている場合じゃない。

そのことに感謝しなくては。

「絶望から抜け出せないでいても、いいことはないのよ」ベアトリスは少女と自身に言った。そしてまたしても忙しく動き出し、目に入った場所を片っぱしから片づけた。まったく、どうして女の子は集団になるとこんなに散らかしてしまうのかしら。「苦しいのは自業自得よ、マッテア。ゆうべの愚かな選択という果実をたっぷりと味わうのね」

「ああ、もう」マッテアが舞台女優のように大げさにうめいた。「どうして普通の人みたいに〝だから言ったでしょう〟って言えないのよ？」

その言葉を聞いて思わず笑いそうになったものの、ベアトリスはかろうじて抑えつけた。私は笑うことも自らに禁じているらしい。それから、マッテアをちらりと見た。少女はソファでまるくなるのではなく、ぐったりと体を伸ばして片方の腕で目をおおっている。避けられない悲劇的な結末を待つその姿は、オペラのヒロインそっくりだ。

「ゆうべはお友達と過ごせて楽しかった？」マッテアに同情しても意味はないので、ベアトリスは穏やかに尋ねた。

少女が無関心な口調で答えた。「まあね」

「みんな、元気いっぱいだったわね。どうしてアヴレルに送られていないのかわからないほどだった」

マッテアはため息をつき、体を起こした。「学校から追い出されても、あの子たちの親は気にもしないの。教育が必要とは思ってないから。十八歳になれば信託財産が手に入るんだし」

ベアトリスは鼻を鳴らした。「生きるために必要な手段が一つもないのが想像できないのかしら」

「まさか、手段ならありすぎるくらいだわ。年を取って偏屈になったり、自分さがしのためにヨガをしたりせずに、十八歳で欲しいものが手に入るのよ」

「マッテア」ベアトリスは静かに言った。「私にはあなたにうまく伝える方法がわからない。これはあなたが成長して理解することだから。でもね、十八歳を過ぎても人生は続くのよ。延々とね。私の年から思い返すと、十八歳のころの記憶なんてほとんどないわ。はるか昔のことだもの。時間がたてば、意味がなくなるのよ」

家庭教師としての一線を越えていると思いつつも、彼女は語った。心が傷ついていたせいかもしれない。それに、自身でもその言葉を聞きたかったのかもしれない。

「そうね」マッテアはおどけた顔をしただけだった。「でも、それは誰もあなたにものすごい額の信託財産をあげなかったせいでしょう？　だからよ」

「私はもっといいものをもらったわ」ベアトリスは書き物机の上をきれいにするのをやめて言った。けれど、そのために心に負った傷は永遠に消えないかもしれない。「たしかに信託財産はなかった。でも、代わりに完全な自立を手に入れたの」

「よかったわね」不機嫌そうなマッテアが気のない声で言った。しかし、少女の瞳には別の感情が輝いていた。見せたくはないが隠しきれない、小さな好奇心が。「携帯を返してくれる？」

ベアトリスは着ていたスモックの深いポケットから携帯電話を出して放り投げた。マッテアが取りそこなったので、電話が床に落ちる。けれど少女は拾おうとせず、画面が光ってなにかの着信を知らせても手を伸ばそうとしなかった。

「私の友達は本当の友達じゃないの」電話の画面が暗くなったとき、マッテアが話し出した。「どの学校に行っても、一人が問題を起こすと友達がそれをもっとひどいものにしておもしろがってた。でもときどき、本当の友達なら逆の行動をするものじゃないかと思うことがあるの」

ベアトリスは少女の言葉を心からの告白として受けとめたけれど、そばに駆けよりはしなかった。代わりにソファの反対側の椅子に座って、思春期の子を萎縮させないくらいのちょうどいい関心を持ちつづけた。

「友人と取り巻きは違うと思うわ」いつまでも床に落ちた携帯電話を見つめているマッテアに、彼女は言った。「マッテア、あなたは礼儀作法をきちんと心得ているでしょう？　これは侮辱じゃない。私はアヴレルで一年間、あなたの品行方正なところも見てきた。本当に罰を与えたいなら、独房に閉じこめていたわ。あなたはまわりに人がいない限り、問題行動を起こさないのだから」

「カウンセリングを山ほど受けなくちゃいけなかったせいで」マッテアが肩をすくめた。「悪いことなのはわかってるの。承認欲求が強いとか、他人を喜ばせたがっているとか、幼少期にトラウマがあるとか、いろいろ言われたわ」

「それも一つの見方ね」ベアトリスは同意した。「けれどあなたの衝動をもっと得意な分野に、もっといいほうへ向けるのはどうかしら」

「たとえば？　マルチ商法への勧誘とか？」

ベアトリスは笑いをこらえきれなかった。「マッテア、あなたの将来がうさんくさいマルチ商法にあるとはとても思えないわ。私は演技に興味はないのかしらと考えていたの」

一瞬、マッテアの顔から表情が消えた。そこに深くやわらかな感情が浮かぶと、少女は幼く、かわいらしく、切なそうに見えた。

しかし次の瞬間、その表情は跡形もなく消え去り、軽蔑が取って代わった。

「ママが女優だったから？」マッテアが背筋を伸ばし、両腕を体にまわして自分を強く抱きしめた。「なんで私がママと同じになりたがると思ったのよ？」

「女優は立派な職業だわ」ベアトリスは淡々と言った。「職業というより芸術か、特権と言ってもいいかもしれない。他人になりきってその人生を生きるのよ？　私には仕事とは思えない。天からの贈り物に思えるわ」

マティアがソファを下りて立ちあがり、部屋を行ったり来たりしはじめた。はっきりと気に入っているのになんとか反抗する理由をさがす少女を、ベアトリスは同情しつつも愉快そうに見守った。

「あなたはママを知らないからわからないでしょうけど、そこが問題なのよ。誰もママを知らないことが。ママは自分について語ったりしなかった。だからわからないの」少女がかぶりを振った。「ママはただ……時と場合と相手によって態度を変えていただけだった。フランケンシュタインみたいに、つぎはぎだらけの人だったのよ」

「誰が見ても、あなたのお母さまはとても成功していた――」

「ママは芸術的な映画に山ほど出ていたわ」マッテアが冷たく言い捨てた。青い瞳はぎらついている。「そしてこの家に嫁いだ。それからママがした唯一の演技は、幸せなふりをすることだけだった」

会ったこともないマッテアの母親の話になぜ絶句したのか、ベアトリスはわからなかった。写真でしか見たことはないけれど、彼女はスカイブルーの瞳に亜麻色の髪を持つ絶世の美女で、人々があれこれと憶測せずにはいられない女性だった。

「私は、あなたが演劇を始めるのもいいのかもしれないと思ったの」歩きつづけるマッテアに言う。「新しい経験をしたいという欲求を、もっと価値のある行動に向けるために」

「そうすればママみたいになれるっていうの？」少女の声が高くなった。「スポットライトがあたっているときはみんなに好かれていても、あたっていないときはどうなるの？　そんな存在になるってどうなのよ？」

そういう経験のないベアトリスは、またしても言葉を失いそうになった。ただどんなにむずかしくても、マッテアのために心をさらけ出さなくてはならなかった。これは自分のことではないのだ。

少女に共感していることも関係ない。

「マッテア」ベアトリスは話しはじめた。

「僕たちの母は」ドアのほうから声がした。「生きている間じゅう輝いていたはずだった。それができなかったのは悲劇中の悲劇だよ」

二人は同時に振り向き、ドア口にいるチェーザレを見て口をあんぐりと開けた。

それぞれ理由は違ったけれど。

昨夜のチェーザレは正装していた。ベアトリスと違って、彼は普段からオーダーメイドのスーツを好んで着ていた。その姿は自分はただの人間ではなく、キアヴァリ邸そのものだというようだった。

ところが今日の午後は、見るからにやわらかそうなスウェットパンツとグレーのTシャツという格好をしていた。ぴったりしたTシャツには胸筋と六つに割れた腹筋が浮かびあがっている。

私はあのTシャツの下にあるものをよく知っていると思って、ベアトリスは大きな喜びと深い苦悩を覚えた。チェーザレの腿のたくましさを強調し、もっとも雄々しい部分をやさしく包みこんでいるスウェットパンツの中にあるものも。

しばらくしてベアトリスは気づいた。彼は体を鍛えていたらしい。そして愚かな考えに飛びついた。彼は自分の中の悪魔を追い払おうとしたのでは？

昨夜、結婚すると決めた相手のことも。

妄想するのはやめなさい、とベアトリスは自分をいましめた。彼の婚約者はすてきな女性だった。彼女があなたじゃないからって責めてどうするの？

異父兄を見つめるマッテアも、同じくらいさまざまな感情が入りまじった顔をしていた。しかし、ベアトリスは少女のその顔を見て希望を抱いた。

「母が輝きつづけられなかったのは、母自身のせいじゃない」チェーザレが異父妹に言った。そのまなざしも口調も力強かった。「この世には美しいものを見つけると所有したがる男たちがいる。そういう男たちはそれを手に入れると強く握りしめ、つぶしてしまうと美しいもの自体が悪いと責めるんだ」

「それってあなたの考え?」マッテアが小さな声できいた。「パパもしょっちゅうママにどなってた。栄光の日々はとうに過ぎ去ったんだ、衰えたママを大目に見ている自分にもっと感謝しろって」

チェーザレが低い声でうなった。「おまえが耳にしていたのは残念だ。聞くべきじゃなかった」

少女が息を吐いた。「ママはいつも言ってたわ、人々に覚えてもらいたかったら、どんな手段を使っても忘れられない存在になりなさいって。だからママはパーティを開いたりスキャンダルを起こしたりしたけど、私には学校しかなかった。パパは私の存在を忘れていたから、できることをして思い出してもらおうとしたの」

まだドア口にいたチェーザレが暗いまなざしを向けてきたので、ベアトリスは鳥肌が立ち、全身がざわめいた。

そのまなざしはベアトリスの秘密を知っているかのようだった。少なくとも彼が姿を現したのは、ベアトリスと関係があるというようだった。

彼女は自分が誰なのか、どうにかしてチェーザレに伝わったのだと思いたかった。彼が覚えていようといまいと、心の奥底ではずっとわかっていたと。

チェーザレがヴェネツィアで見せてくれた一面を、ベアトリスは忘れていなかった。

そして、その一面はまだ彼の中にあると信じつづけていた。

でも、今はまださがす必要はない。

なぜならチェーザレがヴェネツィアの夜を覚えているかどうかは、キアヴァリ邸であったことにもこの家の人々にあったことにも関係ないからだ。ベアトリスは目の前の二人に意識を戻した。

「僕はおまえを忘れたことはないよ、マッテア」チェーザレが強い思いをこめて異父妹に言った。「忘れるなどできない。もっと前に言っておくべきだったが、僕がおまえの後見人になったのは、おまえのお父さんがおまえを遠ざけたかったせいじゃない。おまえを渡してくれるよう、僕が彼に要求したからだ。ちゃんと面倒を見ているように思えなかったからね」

ベアトリスは息をつめているのが自分だけではないのに気づいた。チェーザレが異父妹にとって完璧な後見人でないと指摘したのは私一人だった、という確信がこみあげる。だから彼はお金を使うのではなく、異父妹のためになることをしようと思ったのかもしれない。

彼女は初めての気持ちを味わっていた。チェーザレが話を真剣に聞いてくれたという達成感はとてつもなかった。彼は異父妹の部屋へ来て、動揺して自分の道を見失っている少女に言葉をかけている。

「チェーザレ、あなたは私がいないほうがうれしそうだったわ」マッテアが十代の子らしい率直さで言った。

寛大にもチェーザレは異父妹の言葉を真っ向から受けとめ、悔しそうな顔をマッテアに向けた。

「ゆうべ、僕はおまえにこういうことを説明してこなかったのに気づいたんだ」事実を淡々と述べる。「おまえの年齢のころ、僕はキアヴァリ家の当主となるための準備をしていた。そして僕なりの人に忘れられない完璧な方法を――相手を支配する方法を身につけた。だから、おまえにも同じ生き方をさせればいいと思っていたんだ。おまえは当主になる必要も、どこかにいる敵がおまえの失敗を期待しているわけでもないのに。マッテア、おまえがすべきことは、誰にもおまえの輝きを奪われないようにすることなんだ」彼がうなずいた。「僕にさえも」

マッテアがうつむいた。昨夜のこと、そして彼女と仲間たちが繰り広げた悪ふざけを思い返しているようだ。あるいは、異父兄がここに現れるのは普通ではないと気づいたのかもしれない。「あなたが私の部屋に来るのは初めてよね。また私をどこかへやるつもりなの？　パーティでおとなしくしていなかったから」

「そうだったのか？」またチェーザレの視線がベアトリスにそそがれ、彼女は口がきけなくなった。全身が熱くてたまらない。「正直言って、気づかなかったよ」

「私がおとなしくさせていましたから」ベアトリスはなんとかきっぱりとした口調で言った。「約束したとおりに」

濃い青の瞳が少女に戻ったが、寂しいとは思わないのよと彼女は自分に言い聞かせた。

「僕が結婚したらおまえがどうなるか、話し合っていなかったな」チェーザレが言った。「結婚すると言っただけで」

「まあね」マッテアがあきらめた顔で肩をすくめた。「ずっとマリエルみたいな人と結婚するつもりだったんでしょう？」

ベアトリスはできるなら部屋を出ていたかった。しかしチェーザレが罪なほど魅力的な、彼女が隅々まで味わいつくした体でドア口をふさいでいた。目を閉じるだけで、その味は思い出すことができた。

彼が気づいていようがいまいが関係なく。

チェーザレの婚約者についての話など聞きたくなかった。そんなことには耐えられない。ただでさえ大変な夏なのに、これは度を越している。

ベアトリスは正気でいられる自信がなかった。

「どういう意味だ？」ときどき使う静かな一方で危険な口調ではなく、純粋に興味がある口調でチェーザレが尋ねた。本当に知りたいらしい。「〝マリエルみたいな人〟とは具体的にどういう人を言うんだ？」

「鏡でできているみたいな人ってこと」マッテアが答えた。冷静さを取り戻したのか、口調はいつもと同じく無愛想だった。「同じ考えを持つ彼女といると、あなたは大好きなキアヴァリ家の資産を大切にできる。だから結婚するんじゃないの？」

チェーザレが腹に一発食らったようなうめき声をあげ、ベアトリスは床を見つづけた。彼は婚約者をかばうに違いない。

しかし彼はかばわなかった。

彼は弁解しなかったわ。まるでなにか意味があるかのように、彼女の中で小さな声が言った。

私がいるからかしら？

そうであってほしい。恥ずべきことに、ベアトリスはそう願った。

チェーザレがソファに向かった。リモコンを取りあげ、奥の壁にかかっているテレビに向ける。「いい考えがあるんだ。これから映画を見ないか？」

マッテアが平手打ちをされたような反応をした。

「映画って……ママの？」

チェーザレはソファに座り、リモコンを操作して自分の横をたたいた。「僕は俳優じゃないが、交渉は得意なんだ。交渉も一種の演技だとは思わないか？　僕がおまえだったら、母が自分に遺してくれた贈り物はなにかと自問するね。人が母について語る物語ではなく。たとえその語る相手が僕であってもだ」

「私、ママに似てるって人からときどき言われるの」マッテアが小さな声で言った。「感じのいい言い方じゃないけど」

「ああいう美しさは贈り物じゃない」チェーザレが真剣そのものといった顔でマッテアを見つめた。彼の目は母と娘が似ていると告げていた。「あれは呪いだ。人々は僕たちの母の顔をいつまでも忘れない。だから、母は自分にはほかになにもないと思っていた。だが、僕たちには彼らよりたくさん知っていることがあるだろう？」

今度は自分の横にあるクッションを指さすと、マッテアがチェーザレの隣に座った。映画を一本見ると、次の映画を見た。

ベアトリスが最初の映画を一緒に見たのは、部屋を出ていこうとしたら二人にとめられたからだった。きょうだいはどのように一緒にいればいいのかわからなかったのだろうか？　母親の映画をチェーザレとマッテアが見ている間、ベアトリスは二人を見ていた。

ききたいことをきかずにいるためには、舌を嚙みきらなければならない気がしてならなかった。マリエルはどこにいるの？　どうしてチェーザレは異父妹との関係をよくしたくて、この部屋までやってきたのかしら？

彼はもう異父妹の家庭教師を必要としていないということ？

キアヴァリ邸を離れると考えて悲しくなった自分に、ベアトリスは失望した。自分がかかえる秘密を守ったまま、この地を去ることができると喜ぶべきでしょう？

二本目の映画を二人が見ている間に、彼女は厨房へ行き、遅めの昼食を用意した。ほとんどの招待客はその日のうちに帰ったため、大邸宅内は静かで、使用人たちの住まいにも人影はまばらだった。片づけと清掃はすでに終わり、多くの使用人たちは自由な時間を過ごしていた。ベアトリスは食事をのせたトレイを運び、ソファに近いテーブルの上に置いた。しかし、映画をとめはしなかった。

マッテアは異父兄の肩に頭をのせて眠っていた。チェーザレも母親が汽車に乗り、雨粒のついた窓から悲しげに外を眺めている場面を見てはいなかった。

彼はまっすぐベアトリスを見ていた。

「この子には演技のレッスンを受けさせたほうがいいと思います」彼女は言った。不自然にうわずった声になったので、咳ばらいをする。「少しでも母親に似ているところがあれば、並はずれた存在になるでしょう」

チェーザレはただベアトリスを見つめていた。そのまなざしは暗く沈んでいた。

「もしこの子が自分の力をそそぎこめる場所を見つけたら、問題を起こすことに魅力を感じなくなるのではと思えてならないんです」ベアトリスは続けたけれど、自分の中のなにかに火がついたのを感じた。理由は彼に見つめられていることと関係していた。まるで全身に電流が走っているみたいだ。

「ミス・ヒギンボサム」チェーザレが口を開いた。「マッテアについてはこれ以上話したくない」

ベアトリスはなにか言うか、なにかしなければと思った。なぜなら、そうする必要があるからで――。

チェーザレが向きを変え、眠っている異父妹の頭を慎重にかかえてソファに体をあずけさせた。

彼女がそのようすをじっと見ていると、彼が立ちあがった。

そして、思わせぶりにベアトリスに向かって一歩一歩近づいてきた。

ひょっとしたら、そんなことを思ったのは彼女の全身が脈打っていたせいかもしれない。手足には力が入らず、脚の間は熱くうるおっていた。

チェーザレが進んでくるにつれ、ベアトリスは後ろへ下がった。そうしたのが失敗だったと気づいたときには遅すぎた。というのも彼女はチェーザレに押され、部屋を出ていたからだ。

マッテアはまだ映画が続いている部屋にいて、ベアトリスは誰もいない小さな居間にいた。そして、目の前にいるチェーザレのとてつもない存在感を意識していた。見えるのは彼だけ、聞こえるのも彼の息づかいだけで、息をするのも忘れていた。

この感覚なら知っているわ。ベアトリスの中でなにかが満足そうに言った。けれど、彼女自身は同意できなかった。どうしても。「ミスター・キアヴァリ」必死に口を動かす。「私は――」

「それが問題なんだ」チェーザレが言った。

その目はとても暗かった。ずいぶん長い間彼のそばにいるのに、ベアトリスはまだどぎまぎした。

「問題？」声は小さかった。

「考えすぎることが」彼が言い、二人の息が重なり合うまで距離を縮めた。頭が働いていたら、彼女は一心同体だと表現していただろう。

チェーザレは眼鏡が曇りそうなほど長い間、ベアトリスの顔をじっくり眺めた。それから顔を近づけ、頬を手で包みこんで唇を奪った。

待ちわびたキスだった。

その瞬間、ベアトリスは気づいた。ヴェネツィアで出会ってからずっと思い返していた私の記憶は、全部間違っていた。あれは煙の中であったことか、曇った鏡に映ったもののように曖昧で不鮮明だった。

本物はもっとすばらしかった。チェーザレの味はもっと野性味があって圧倒的だった。

二人の唇は前回と同じ重なり方をしていた。私たちはどちらも一つの大きな欲望から生まれ、そこへ戻るために生きてきた気がする。我が家へ帰ってくるために。

ベアトリスは、あの夜から自分の体はチェーザレのものであると強烈に理解していた。彼は気づいていないみたいだけれど。

チェーザレが何度もキスをし、さらにキスを深くした。彼女の五感は研ぎすまされ、喜びは増し――。

でも、この人は別の女性と婚約している。私はこの目で見た。

あなたはこんなことをする人じゃないでしょう？

ええ。ベアトリスは心の中ですすり泣いた。私にはできない。

愕然（がくぜん）としながら、彼女はチェーザレから身を離した。全身でぞっとしていた。

けれど心の底から恐れていたことに、実際はそれほどぞっとしてはいなかった。間違っているのに。

なぜなら二人は一心同体だから。永遠に。

しかし、目の前にいるのはチェーザレ・キアヴァリだった。そしてベアトリスは、不名誉にまみれかけている元校長だった。

妊娠前のように身軽だったらよかったと思いつつ、彼女は向きを変えた。そして、これは敗走ではなく戦略的撤退なのよと自分に言い聞かせて駆け出した。

8

その瞬間、チェーザレにはあまりにも多くの感情が押しよせていた。そのどれもが破滅をもたらしかねなかった。

そんなばかな。彼女が——。

だが、自分の中のなにかがそれ以上考えることを拒んだ。

重要なのは自分がいつもそうありたいと願っていた男でも、そういう存在だと自負していた男でもなかったことだった。自らの計画や目標を誰が見ても完璧な形で達成するのが、僕だったはずだ。

選んだ道を進むのはそれほどむずかしくなかった。

チェーザレはそのことを自身の強さの証（あかし）か、あるいは家を守ることをなによりも優先させるのが正しいからだろうと単純に考えていた。

しかし今は、試練というものに無縁だっただけだと思い知らされていた。

そんなものには近づこうとした覚えもない。

僕がめざしていた高潔で勇敢な男なら、一人の女性に求婚された翌朝に別の女性とキスをすることなどありえないだろう。自分を律していられる男だったなら、そんな状況になることすらなかったはずだ。

とっくにマリエルにプロポーズし、今ごろは結婚していてもおかしくない。

羽をふくらませたふくろうそっくりの女性にも、少しも注意を払うことはなかったに違いない。

チェーザレは、生まれて初めて自分が何者なのかわからなくなっていた。

ベアトリスは背を向けて立ち去っていた。駆けていく足音が聞こえ、部屋のドアが乱暴に閉められる音がした。

チェーザレはそれを合図と、よりよい自分に――今日までずっとめざしていたよりもよい男になれという啓示だと受け取った。

しかし火傷をしてもおかしくないくらい、煮えたぎる血で体は熱かった。興奮の証は痛いくらいにこわばっている。どういうわけか、頭の中ではベアトリスとヴェネツィアで出会った女性が重なっていて――。

なにかが引っかかったが、チェーザレは認めたくなかった。

気づくと、彼はベアトリスを追いかけていた。

廊下には誰もいなかった。使用人用の階段に向かい、彼らが寝起きしている屋根裏部屋へ行った。

廊下の端からは午後の光が差しこんでいた。チェーザレは使用人の誰かにでくわすのではと思ったが、ほとんどに月曜日まで休みを与えたのを遅ればせながら思い出した。ベアトリスの部屋がここのどこかであれば声か物音が聞こえるはずと思い、廊下で呼吸を整えた。

ここは自分の家かもしれないが、キアヴァリ邸を切り盛りしている人々の私的な空間をのぞき見るのは気が引けた。チェーザレは廊下に立ちつくしながら、落ち着きを取り戻すのがあまりにもむずかしいことに気づいた。

途方にくれ、自分が自分でない気がしていた。身も心も欲望にさいなまれ、支配されていて――。なぜなら、胸の内にはまだ嵐のようなものが吹き荒れていたからだ。それはおさまる気配がなかった。亡き父親によく似た心の声がささやいた。そんなものを追い求めるのはやめるのだ、息子よ。どういう結果になるのかはわかっているだろう?

ひょっとしたら、ふくろうそっくりな女性を見つけられずにいるのはいいことなのかもしれない。

緊張をほぐすため、またはいつもの自分に戻るため、チェーザレは細長い廊下の突きあたりにある窓まで歩いていった。高い位置にあるまるい窓から外を見ると、普段と同じ景色が広がっていた。なだらかな丘、葡萄畑、オリーブ畑が。

目の前にあるキアヴァリ家の財産は、まるで絵画のようだった。

長く眠れない夜を過ごしたあと、今朝はかなり長い時間走った。その間は開かなければよかったパーティや、胸に重くのしかかる祝福された婚約について考えつづけた。

〝君はこれでよかったのか?〟夜更けに客用寝室まで送っていったとき、チェーザレはマリエルに尋ねた。いつでも期待されたことをする男としては、紳士らしく部屋に案内しないわけにはいかなかった。

〝新しいキアヴァリ家の妻になれるならうれしいわ〟彼女が変わらない笑顔で答えた。〝二人で前か

ら話し合っていたでしょう？〃

〝こんなことになるとは思ってもみなかったよ〃チェーザレは無意識に口にした。

いや、わかっておくべきだったのだ。僕とマリエルなら人生をともにしても満足できたに違いない。だが、それは互いの隠しごとに目をつぶるという条件が守れるなら、の話だ。

そんな生活を自分が望んでいると、僕は本当に信じていたのか？

出会ってから初めて、チェーザレは美しいマリエルの本当の姿を見た気がした。

〝私たちなら完璧な家族になれるわ。どれだけ時間がたとうとなにも変わらない繁栄が約束されたも同然よ〃

だが、そこにはどういう幸せがある？

マリエルが客用寝室へ消えたあとから今まで、チェーザレは同じ問いを頭の中で何度も繰り返していた。

走る速度を上げたのは、マリエルの考え方を認めたからではなかった。異父妹が非難していた、鏡のように自分にそっくりな非の打ちどころのない妻をさがしはじめたころの考え方に戻ったからでもない。

いつものごとく、彼はヴェネツィアで出会った女性のことを考えた。ベアトリスのことも考えた。

しかし、もっとも気にかかっていたのは異父妹だった。

マッテアには手本となる女性が必要だと、マリエルは考えていた。そしてさらに、自分こそがその役目にふさわしいとも。彼女は待ちくたびれたからプロポーズされたふりをしたのであって、僕に心を奪われ、もうひとときも離れられなくなったからではない。

チェーザレは速度をいっそう上げ、より遠くまで走りつづけた。足元の大地は彼の資産だった。これは自分が死んだあともずっと残り、何者にも奪えない。そう思うと満足感がわきあがった。

僕は幸せを、追い求める価値のあるものとは考えていなかったのかもしれない。

だが、マッテアには幸せになる資格がある。

ベアトリスはそのことをずっと僕に伝えようとしていたのではないか？

だから、ランニングシューズについたキアヴァリ家の葡萄畑の土を払うより先に、チェーザレは異父妹の部屋を訪れたのだ。

今となってはもっと早くマッテアのところへ行き、母親について話しておけばよかったと後悔するばかりだ。

窓の外を眺めていたチェーザレは、家族と使用人しか知らないプールに視線をやった。そこは蔓におおわれた壁に囲まれ、大邸宅のほかの部分からは見えないようになっていた。マッテアは大邸宅の反対側にあるすばらしい景色と美しい庭園、そして木陰を背景にしたインフィニティ・プールのほうが好きだったため、そちらのプールは使用人専用になっていた。チェーザレも泳ぐより走るほうを好んだ。

しかし、今日の彼はプールに目を奪われた。

プールそのものが気になったわけではない。美しいターコイズ色の水面は午後の金色の光を浴びて輝いていた。そこへふくろうそっくりの女性が、まるでなにかの使命があるというようにまっすぐ向かっている。彼女はいつもの地味で見ばえのしない服を身にまとっていたが、今日はスモックをよぶんに着ていた。顔を占める大きな眼鏡を見て、彼は以前、あの眼鏡が自分の頬に押しあてられた感触を思い出した。

そのせいでなぜ体が熱くなる？

ベアトリスの唇を見て不思議な気持ちになり、チェーザレはもっと考えようとした。

しかしその前に、数階下にいるベアトリスがプールに近づいていた。彼女はしばらくプールサイドに立っていた。遠くからでもその体が緊張しているのは伝わってきた。

ベアトリスが服を着たまま、プールに身を投げた。

チェーザレの心臓が大きく打った。

なにをしているのか、彼は完全に理解していた。

彼女は身を清めているのだ。僕にキスをされた記憶を洗い流すつもりなのだろう。

彼はそれが気に入らなかった。

次の瞬間、チェーザレは自分がどういう人間なのかを気にするのをやめた。

息ができなくなり、胸の中では炎が螺旋（らせん）を描いているようだった。気がつくと、彼は使用人用の階段を駆けおりていた。いちばん下の厨房（ちゅうぼう）に着いたときは、途中で誰かとすれ違ったかどうかの記憶さえなかった。頭の中は真っ白だった。

外に出ると、いつから生えているのかもわからない蔓植物におおわれた厚い壁へ向かい、古びたドアから中へ入った。ドアは音もなく開閉したが、トスカーナの鳥の半分を驚かせたとしても気にしていられなかった。彼はプールのそばまで行き、水面をにらみつけた。最初はなにがなにやらわからなかった。

ところどころ、黒くなっている部分がある。

しかし彼は自分が見ているものが、ベアトリスが着ていただぶだぶの服とスモックなのに気づいた。

水中で服を脱ぎ捨てたらしい。

次の瞬間、視線が奥にある階段に引きよせられた。

ベアトリスは生まれたままの姿だった。

おまけに彼女の髪は、もはや頭の後ろで痛々しいほど引っつめられてはいなかった。ありえないほど長く、水につかっている部分は黒いインクが広がっているみたいだった。

なにかを察したのか、ベアトリスが振り向いた。

チェーザレの胸の中で太鼓のように打つ心臓の音が聞こえたのかもしれない。

彼のつのる欲望を感じ取ったのかもしれない。

彼女が凍りつき、一糸まとわぬ姿で階段を上がった。それから、美しい肩越しにチェーザレのほうへ顔を向けた。

彼がまず思ったのは、ベアトリスが大きな眼鏡をはずしているということだった。

そして、ついに彼女が誰なのかに気づいた。

彼女こそあの女性だと。

「君が……」チェーザレは息を吸った。

すると、ヴェネツィアの奇跡の夜の記憶が熱や切なさ、欲望とともに押しよせてきた。

ベアトリスこそ、まさにあの夜の女性だった。ヴェネツィアで出会ってチェーザレを夢中にさせ、人生観を根底からくつがえさせた相手だった。

真実を知った今、なぜ今までわからなかったのか不思議でたまらなくなった。

ベアトリスとは同じ屋根の下に暮らし、一カ月以上も顔を合わせていたのに、僕は気づいていなかったのだ——。

だが、もしかしたら気づいていたのかもしれない。

頭は受け入れなかったことを、体はずっとわかっていたのかもしれない。

マッテアをおとなしくさせるためにやってきた無愛想な家庭教師に執着していたことを説明するには、ほかに理由を思いつかなかった。

夢の中では気づいていた。潜在意識は目には見えないものをとらえていた。僕の一部はずっと前から知っていたのだ。

彼女を忘れられなかったのは、そばにいたからだと。毎夜、夢を見ていたのも当然だ。

これは運命に違いない。強い意志と富があれば、運命は切り開いていけると長い間信じていたのは間違いだったのか？

マリエルとの結婚に二の足を踏んだのも無理はなかった。家宝の指輪を彼女に贈れなかったのも納得だ。

なぜなら僕が本当に欲しかった女性、喉から手が出るほど求めていた女性はここにいたからだ。

「君は僕の宝物だ（セイ・イル・ミオ・テソーロ）」チェーザレはうわずった声で言った。「僕は君に夢中なんだ（ソノ・パッツォ・デ・ティ）」

ベアトリスという宝物は目と鼻の先にいた。どんな姿をしていても、チェーザレは彼女の虜（とりこ）だった。

息をするのも忘れて見ていると、ベアトリスのまなざしが変わった。彼女が深呼吸をして、背筋を伸ばす。

ベアトリスが体ごとこちらを向いたとき、チェーザレの視線は彼女の大きなおなかにそそがれた。

この女性は赤ん坊を身ごもっている。

その子は僕の子だ。チェーザレの中でなにかがうなり声をあげた。なにもかもが粉々に砕け散った気分だった。

これまで人生をかけて自分が何者なのか知ろうとしてきたが、今答えがわかった。

間違いない。

僕は自分が何者なのか理解した。

彼はまた獣のように低い声をもらした。それからプールサイドをまわりこみ、決然とした表情でベアトリスに迫った。

まぎれもない意志とともに。

「チェーザレ……」彼女の声は謝罪に似ていた。

しかし、彼は言葉を必要としていなかった。謝罪などいらなかった。

求めているのは……すべてだった。

それを手に入れるのは簡単であると同時に不可能でもあると思いながら、チェーザレはベアトリスに何度も何度もキスをした。

彼女にあの夜を思い出させ、長い時間をかけて徹底的に認めさせる——二人がもう一度結ばれることは決まっていたのだと。

身を離したチェーザレは、自分のTシャツを脱いでベアトリスに着せた。おなかがふくらんでいるので腿は少ししか隠れなかったが、彼女が着るとほとんどワンピースのようだった。ヴェネツィアで出会った夜、ベアトリスは華やかな赤のドレスを身につけていたが、なんとなく普段はそういう格好をしない女性なのだろうと彼は勘づいていた。

やっと手に入れた。

彼女は僕のものだ。

チェーザレはベアトリスを引きよせて抱きあげ、大邸宅の中へ運んだ。

彼のベッドへ。

9

ベアトリスは数えきれないほど見た夢の中にいるのかと思った。やわらかなベッドに背中をつけた彼女に、たくましいチェーザレがおおいかぶさっている。二人は重要な部分では同じだというふうに、彼は強烈な視線をベアトリスの全身に向けていた。

夢なら何度も見た。けれど今回は違うところがあった。信じられないほど、もっとすてきだった。

窓の外の太陽はとけたように赤く輝き、二人を照らしていた。そしてベアトリスは数時間前にすてきだと思ったTシャツを着て、チェーザレの香りに包まれながら横たわっていた。体はあらゆる意味で欲望に満ち満ちている。今回は一人で目覚めるつもりはなかった。

　なによりすばらしいのは、チェーザレの手がベアトリスのおなかの上にあったことだった。Ｔシャツの下にてのひらをすべらせ、二人の間にできた赤ん坊を育んでいる場所を撫(な)でながら彼女の体の変化を知る間、チェーザレは途方もなく集中しているのか顔をしかめていた。

　ベアトリスが見る夢はどれも、ヴェネツィアで分かち合った夜の再現だった。記憶を掘り起こす作業は生きている限り続けていくのだろう、と想像していた。しかし、これは別のなにかだった。

目の前の出来事は夢ではなく、新しい経験だった。

ただ、今の二人にはわかっていることがある。

　チェーザレはベアトリスの名前を、ベアトリスはチェーザレの名前を知っていた。

　二人は一カ月間ともに暮らしていたものの、めくるめく時間を過ごす機会はなかった。

ヴェネツィアの夜はなにもかも夢みたいか、詩のようだった。

　その夜、二人は同じ情熱を分かち合った。

　チェーザレがベアトリスのおなかにキスをした。イタリア語で賛美と称賛の言葉をささやきながら、刻一刻と熱くなるてのひらでふくらんだおなかを撫でていく。

　彼女はその仕草を、自分と赤ん坊のための美しい十四行詩(ソネット)を詠んでいるみたいだと思った。

　私たちの赤ちゃん……。その言葉を、ベアトリスはすばらしいものに感じていた。このひとときが信じられないほど貴重すぎて、寝室の外の厄介な問題については気にしていられなかった。

　ベアトリスはその問題を脇へ押しやった。なぜならこの時間は二人だけのものであり、すべてを変えた夜の続きだからだ。ここには私とチェーザレしかいない。赤ん坊は彼が父親だとわかったのか、おなかを蹴っている。

どういうわけかそのことが——人生を変えた男性に自分を知ってもらえ、父親を赤ん坊に紹介できたことが、すべてをより甘美な出来事にした。

チェーザレが赤ん坊につぶやく言葉が甘ければ甘いほど、ベアトリスの体は熱をおびた。丁寧に、うやうやしく触れられれば触れられるほど落ち着きを失い、ヴェネツィアの夜と同じく彼の腰に脚を巻きつけたくなった。

今の体型では無理かもしれないけれど、そうしたい気持ちはつのり、欲望も深まった。

チェーザレがおなかの子の父親なのはもちろん知っていても、自分にとって彼がどういう存在なのか、これまでは理解できていなかった。

マッテアにとっては異父兄であり、おなかの子にとっては父親である男性が、ついに私の理想の恋人として目の前にいる。

その男性——チェーザレを、ベアトリスはずっと自分のものだと考えていた。実際は違っていても。

けれどすべては夢、目覚めることのない夢なのかもしれない。なぜならまるで予期せぬ妊娠を望んでいたかのようにチェーザレがおなかの子に語りかけ、約束や誓いをささやくたび、時間の感覚がなくなって体が蜂蜜みたいにとろけたからだ。

ベアトリスの胸にはさまざまな感情があふれそうになっていた。なんとか抑えておこうと最善を尽くしても抑えきれなかった。

「あなたは私を追い出すと思ってた」肘をついて起きあがり、チェーザレを見ると、彼はベアトリスのおなかを撫でながら不思議そうな表情を浮かべていた。「金めあての女とかなんとか言って」

「僕のことがわかっていないな」頭を上げたチェーザレの瞳の色は見たこともないほど深い青だった。

「ベアトリス、君とは話し合うべきことがたくさんある。君が僕を知らないのも無理はないし、僕も君を知らなかった。後悔しているよ」

「チェーザレ……」ベアトリスがそうささやいたのは、必要があったからではなかった。彼の名前を呼べることにすさまじいほどの深い喜びを感じていたからだ。この瞬間、二人は互いを知っていた。彼女は子を宿した体を横たえ、好きなだけチェーザレの名前を口にできた。

しかし、どんなに努力しても問題は——昨夜の婚約のことは頭から離れなかった。だから私はプールに飛びこみ、欲望を洗い流そうとしたのだ。その結果、赤ん坊の存在をチェーザレに伝えられたのはよかった。そんな機会があるとは思ってもいなかった。

それでも好むと好まざるとにかかわらず、考えなければならない問題はあった。

「あなたはほかの女性に結婚を申しこんだ」ベアトリスは自分に言い聞かせるように言った。立ちあがって離れようとしたものの、チェーザレに引きとめられると首を振った。「これは間違ったことだわ」

「聞いてほしいことが二つある。第一に、僕はマリエルに結婚を申しこんではいない。数カ月前はそのつもりだったが、どうしてもできなかった」チェーザレがベアトリスを見つめた。「それは君がいたからだよ、ベアトリス。僕の目と鼻の先に家庭教師らしく控えめな服を身にまとった君がいたからだ。なぜ君が僕の注意を引くのか、なぜ目をそらせないのか、なぜヴェネツィアの夜の夢に眼鏡をかけて髪を引っつめた君が出てくるのか、僕は理解できなかった」彼を見つめ返したベアトリスは、こらえきれずに顔を赤らめた。「そして第二に、この瞬間からマリエルと僕の関係は終わったと考えてほしい」

ベアトリスはショックを受けた。どれだけ彼の結婚が取りやめになってほしいと願っていたか。「いくら私が望んだとしても、彼女は聞き入れないんじゃないかしら」

「マリエルの望みは自分が家を牛耳って、非の打ちどころのない家族をつくり上げることなんだ」

「あなたもそうでしょう」ベアトリスはささやいた。「口を開けばそのことばかり言ってたわ」

「そうだな」チェーザレがかぶりを振り、視線を彼女のおなかにやった。「だが君と僕でつくったこの子も非の打ちどころがなく、しかも美しい」

その言葉に、ベアトリスは肩の力を抜いた。妊娠がわかってイタリアに来てから、気をゆるめる余裕はなかった。

それでも心の一部は、まだ大丈夫だとは信じられなかった。

でも、チェーザレは〝美しい〟と言ってくれた。二人が陥った窮地ではなく――二人で生み出した奇跡を。

彼の表情が後悔に曇った。「マリエルは間違いなく、僕から解放されて実は大喜びするはずだ」

ベアトリスは反論しなくてはと思った。婚約破棄をするのが先だと言うのよ。もし私と立場が逆だったら、マリエルは納得しないに決まっている。いいえ、マリエルだけじゃない。私がいつもそうであろうとしていた人間なら――。

しかしチェーザレが移動し、ベアトリスの隣に座った。彼の顔はすぐそばにあったので、細かいところまでよく見えた。

すると、ベアトリスはなにもかも忘れてしまった。頭の中はチェーザレでいっぱいだった。

ヴェネツィアで一夜を過ごしたあと、ベアトリスは二度と相手の男性に会うことはないだろうと思っていた。そう信じるのはつらく拷問にも等しかったけれど、子供のために耐えてきた。

彼女はマッテアのこともとても大切に思っていた。今は少女の気持ちがこれまで以上によく理解できる。

自分もチェーザレのそばにいたいと、なによりも切望していたからだ。

彼が自分に気づいていなくても。

しかし、ベアトリスも結局はただの生身の人間にすぎなかった。アヴレル・アカデミーでは校長という役職を鎧（よろい）のように身にまとい、何年も職務を完璧に遂行してきたけれど、本当の彼女はこのありさま――Tシャツ以外はなにも着ず、子を宿した大きなおなかで、体を許したただ一人の男性とベッドにいた。出会った日から、ベアトリスはその男性に恋いこがれていた。彼が誰なのか知る前も、知ったあともずっと気持ちは変わらなかった。

だから、もはやチェーザレに抵抗する力は残っていなかった。

ベアトリスは手を伸ばしてチェーザレの片方の眉ともう一方の眉をなぞり、いかにも尊大そうな鼻のラインと官能的な唇を確かめた。ヴェネツィアでその唇が自分を隅々まで味わいつくしたのを思い出して、身を震わせる。

彼はまた同じことをしてくれるはずだ。

「あなたは前に、自分の望む人生について私に語った」言葉が口からこぼれ出た。胸にはまだ小さく鋭い棘（とげ）が刺さっていた。「でも今日、マッテアの部屋に現れてあの子の心を癒やしてくれたのは、あのときのあなたじゃない。私には別人としか思えなかったわ」

「教えてあげよう」

チェーザレがベアトリスの頬や顎に唇を押しあてた。一方の口角ともう片方の口角、こめかみ、そして耳のそばのやわらかな肌にもキスをした。

「ゆうべ、僕は大階段の下に立ち、慎重に選んだ未来の妻が下りてくるのを待っていた。だが目を奪われたのは君で、花嫁になるはずの女性がいることにさえ気づかなかった」彼女の濡（ぬ）れた髪を真剣な表情で指に巻きつける。「世界の指導者や大きな権力を持つ人々といつもなら何時間も話すのに、あの夜は君がマッテアたちをおとなしくさせている姿を見ていたかったせいでそれができなかった。テーブルの上座に座るよう促されたときは憤慨したよ。そこで待っている退屈な会話や社交儀礼には興味がなかったからね。というのも僕のかわいいふくろうさん、君は気づいていないかもしれないが、君がキアヴァリ邸へ来てからというもの、僕はほかのなにに対しても興味を持てなかったんだ」

「信じられない」ベアトリスはほほえんでささやいた。「あなたのような立場の人が、私みたいな立場の女を気にするはずがないわ」

「ベアトリス、君があの夜の女性だと僕は気づいていなかったかもしれないが」チェーザレが低く、彼女の全身を震わせる声で言った。「君の姿はずっと見ていた。必要のない眼鏡をかけ、髪をきちんとまとめ、体型を隠す服を着ている君の姿は。それに君の夢も見ていた。寝ても覚めても君が気になってしかたなかったよ」

ベアトリスははっとした。数カ月前の夜も、彼は似たようなことを私に言わなかった？

〝僕は情熱的な男ではないんだ〟あのとき、チェーザレはベアトリスの中に深く身を沈め、彼女を恍惚(こうこつ)の淵(ふち)へ追いやりながら言った。〝だが君のために、そういう男になるよ。君のために、僕の宝物(ミ・テゾーロ)、欲望の塊になってみせる〟

二人がふたたび結ばれるなど、ベアトリスは想像したこともなかった。ベッドから下りたチェーザレは靴とズボンを脱ぐと戻ってきて、ベアトリスの体からTシャツをはぎ取って脇に放り投げた。

彼が隣に横たわったとき、二人はどちらも生まれたままの姿になっていて、ベアトリスはどうやって拒絶すればいいのかわからなくなった。

「ベアトリス」チェーザレが危険かつセクシーな声で呼びかけた。「キスしてくれないか？　お願いだ」

ベアトリスはそのとおりにした。

先ほどマッテアの部屋でも、プールサイドでも、チェーザレは彼女にキスをした。しかし今回のキスはどこか違い、神聖なものに感じられた。

そうであってほしいと、ベアトリスは願った。このキスが誓いとなって、二人を結びつけてほしかった。彼がベアトリスに身を寄せ、より大きく重みを増した胸のふくらみを両手でとらえて、欲望と喜びのこもった声をあげる。

「君はとてもみずみずしい」それだけでは言いたいことが伝わらないというように、言葉を続ける。

「それにとても美しい」

チェーザレは彼女をベッドの中央に横たえ、全身にくまなく触れた。その姿はまるでこれが二人の新しい儀式であり、互いだけで分かち合うものだというようだった。

独創的で想像力に富んだチェーザレは、自分が発見したことを一つ一つベアトリスに言葉で知らせた。おかげで彼が脚の間に移動したときは、ベアトリスは震えがとまらず、目には涙を浮かべていた。

チェーザレは彼女を限界まで追いつめても、長い間それ以上先には進まなかった。「記憶や夢で見た以上に君は美しい。だが僕のキスでのぼりつめれば、もっと美しくなるはずだ」そう言って脚の間にキスを始めた。

チェーザレが舌を使ってベアトリスを貪る間、彼女はもっと彼を感じたくて背を弓なりにした。けれどいくらがんばっても満たされず、舌が触れるたびにもっと欲しくなった。

愛撫（あいぶ）はいつまでも続き、ベアトリスはついに砕け散った。

そのときのチェーザレはヴェネツィアの夜と同じ

男性だった。彼の指はベアトリスの中の、やわらかくて温かい場所をさぐっていた。その間も舌による愛撫は続き、彼女が息を整えるのをほんの少し待ってから、もう一度至福の世界へ導いた。

　これが快感なのか、懇願なのか、後者なのだとしたらなにを懇願しているのかわからないまま、ベアトリスはすすり泣いた。チェーザレが体を密着させながら、上へ移動していく。しかし、彼女が伸ばした手は払いのけられた。

「僕は君を崇めたいんだ。そうさせてくれ、ベアトリス」

　そこまで言われては従うしかなかった。

　仰向けになったチェーザレがベアトリスを自分の体の上に座らせ、両脚を広げさせた。それから彼女の腰をかかえて、興奮の証に近づける。二人はチェーザレのもっとも飢えた場所が、ベアトリスの熱をおびた脚の間にのみこまれていくのを眺めた。

　チェーザレが低く荒々しい声をあげ、ベアトリスのヒップをつかんだ。その姿はまさに彼女がずっと夢見てきたとおりだった。こちらを見つめる青い瞳はぎらついている。

　ベアトリスの腰に腕をまわすと、チェーザレがふたたび彼女を少しずつ下ろしはじめた。とても大きく、とても熱い彼を、ベアトリスは痛みとともに受け入れた。同時に気持ちよく、とても美しい瞬間でもあった。

　二度と味わう機会はないと、自分に言い聞かせていた行為でもあった。

　チェーザレと完全に一つになった瞬間、ベアトリスは思い出した。初めて結ばれた夜、彼は私の耳元で称賛と驚きの言葉をつぶやいていた。そして私の未経験だった体をとても大切に扱ってくれた。彼が少しずつ中に入ってくる間、私はずっと震えていた。自分が嗚咽をもらしているのか、歌を歌っているのかもわかっていなかった。

彼が二人の体の間に手を伸ばし、私の敏感な場所を刺激したことは今でも忘れられない。

ベアトリスは、チェーザレの脳裏にも同じ記憶がよみがえっているのがわかった。ヴェネツィアの奇跡の夜の記憶が。あの夜二人が出会い、踊り、驚くほどの相性のよさに気づいたことは魔法としか思えなかった。

しかも、それは始まりにすぎなかった。

ほんの少し手の力をゆるめたあとも、チェーザレの顎にはまだ力がこもり、視線は鋭く、驚異的な自制心で自らを抑えつけていた。ベアトリスはこの機に乗じて日に日に変化していく体を動かし、違和感や不格好なところはないか確かめたけれど、自分を美しいと思っただけだった。

それに、チェーザレをより身近に感じていた。

「さっきまで僕は、君がこれ以上美しくなることなどありえないと言うつもりだった」彼の声には畏敬の念と衝撃、そして激しい欲望がこもっていた。

「だが、僕が間違っていたよ」

「私が誰なのか、あなたが気づかなかったときは信じられなかったわ」ベアトリスは言った。不服そうな声で続けようとしたけれど、チェーザレが両手を上げると、声はため息に変わった。彼の手は妊娠で敏感になったベアトリスの胸を愛撫していた。

彼女の体のほかの部分にも満足が広がる。

「僕を許してくれるだろう?」チェーザレが言った。

「どうしようかしら」

チェーザレがベアトリスを見つめ、手を腰へすべらせた。体が持ちあげられたり下ろされたりするたび、彼女はまぶたの裏に星が躍るのがわかった。

これまでベアトリスは多くの時間と労力を費やして、ヴェネツィアの夜ほどすばらしい経験はなかったと思いこもうとしてきた。だからあのときは自分らしくないふるまいをしたのだし、避妊もしなかったのだし、自分の将来や心を守れなかったのだと。

しかし、これはその思いこみを訂正せざるをえない経験だった。

ベアトリスの頭が勝手に後ろに傾き、爪先がまるまった。彼女はチェーザレのたくましい胸に手をつき、体を支えた。

ゆっくりと少しずつ、至福の瞬間は近づいてきた。なんて罪深い喜びなのかしら。こんな快感が許されるとは思えない。

ベアトリスはふたたび全身を震わせはじめた。ヴェネツィアの夜と同じ現象が起ころうとしていた。あんなに激しく、あんなに輝かしいことは一生に一度、魔法みたいな夜にしか起こらない、永遠に夢の中で繰り返すほかないのだと信じていたのに。

けれど彼女の体はもう一度わななき、ばらばらになって恍惚の淵へ飛びこもうとしていた。

チェーザレの笑い声が聞こえる。これは夢じゃない。

これは現実なのだ。しかも前よりもすばらしい。でも、私には耐えられる気がしない。

その瞬間、ベアトリスはなにも気にしていられなかった。チェーザレの動きは容赦なく、彼女は休む暇も息を整える暇もなかった。

のぼりつめたあとでも、彼は何度も同じことを繰り返した。ベアトリスを支え、完璧なリズムで体を動かした。

そのたびに新しい喜びがもたらされた。

ベアトリスは数えきれないほどのぼりつめた。今していること以外はなにもわからなかったけれど、体のつながりを超えているのはわかった。

本当に神聖なひとときだった。光と色、情熱と欲望の洪水のようだ。

規則正しい動きが乱れたチェーザレを、ベアトリスはできる限り強く抱きしめた。彼があげた喜びに満ちた声を、体の内側と外側で感じる。そして二人で至福の世界へ舞いあがった。

我に返ったとき、窓の外は真っ暗だった。

ベアトリスはベッドで横を向いていて、チェーザレは彼女に腕をまわし、おなかに手を置いていた。

先ほどの出来事は夢ではなかった。あれはヴェネツィアの夜の再現だった。あの夜は美しいひとときだったが、一夜限りのことだった。

そのたった一夜で、私は新しい命を授かった。

正直に言えば、チェーザレが妊娠をあっさり受け入れるとは思いもしなかった。赤ん坊ができたと話す機会などなかったし、もし話せたとしても、証拠もなく彼の子だと認められるわけがないと考えていた。キアヴァリ家の当主ならこういうとき、否定するのが普通では？

「DNA鑑定はしないの？」暗い部屋の中でベアトリスは尋ねた。「あなたみたいなお金持ちの男性は当然、父子関係が証明されることにこだわるものじゃない？」

震えが伝わってきて、チェーザレが笑っているのにベアトリスは気づいた。

今のチェーザレはヴェネツィアで出会った男性で、キアヴァリ邸で出会った陰鬱で堅苦しく、つねに張りつめている男性ではなかった。声は燃え盛る炎を思わせ、けだるげな自信はとかした金のように彼女の体にまでしみこんできた。

「弁護士たちは要求するだろうな」のんびりとした声がした。

「でも、あなたはどうでもいいのね」

「気にするべきなのか？」

ベアトリスはかすかないらだちを覚えたものの、理由は言えなかった。納得できると思えなかった。肩越しに振り返り、まだ湿っている髪を払う。

「ヴェネツィアの夜のあと、あなたには情事の相手がいたんでしょうね」いちばんしたくなかった話をした。それはありうる話で、今の出来事がどんなに現実離れしていると思っても忘れてはいけないことだった。そのほうがこの先、ショックも少ないはずだ。妊娠に気づいたときや、チェーザレが自分を見てもわからなかったときはショックを受けた。さっさと聞いておけば、ひょっとしたら今回のショックは軽くできるかもしれない。「当然だわ」

「いいや」チェーザレがベアトリスを仰向けにしておおいかぶさった。そして彼女の髪を手ですくうと、なにかをさがしているかのようにもてあそんだ。いつの間にか部屋には明かりがついていて、髪はやわらかな光を浴びて輝いていた。「自分の行動を慎まない男は無垢な妻を望むべきではない、と自分に言い聞かせていたからね。だが本当は、ベアトリス、僕が欲しいのは君だけだった」

彼女はその言葉があればなにもいらないと思った。チェーザレと一緒にいられれば。けれど、子供のことも考えなければならなかった。自分と赤ん坊を守らなくては。

「私がこの大邸宅へ来て、あなたにはとても都合がよかったんでしょうね？」ベアトリスの声は辛辣だった。どうしても言わずにいられなかった。

しかし、彼は気づいていないようだった。「僕の代理人がすでにマリエルに接触している。婚約を知らせるのはごく一部だけと伝えておいたのを、ゼロにしたいと連絡した。代理人の話を聞いた彼女は、ため息をついていたそうだ」

ベアトリスは少したじろいだものの、チェーザレに手を伸ばした。彼の胸の筋肉をなぞり、何カ月も触れたいと願っていた腹部に触れる。

「マリエルは本当に自分を愛してくれる人を求めているのかもね」しかし、その言葉にチェーザレは無言だった。

彼のこの反応には注意したほうがいい、とベアトリスは思った。無視してはいけない。

チェーザレは、私がヴェネツィアで一夜を過ごした相手だと知った。そしてまた私を求め、赤ん坊を受け入れた。でも、少し簡単に進みすぎでは？　ちょっと早すぎる。

もしかしたら、私は本当に欲しいものを手に入れるのに慣れていないだけなのかもしれない。今までそんなチャンスはなかったから。

チェーザレのベッドに横たわり、決して放さないというように腕をまわして彼の美しい体に触れていると、ベアトリスはようやくこの人こそ本当に欲しいものだと認めることができた。

ヴェネツィアの夜は私を大きく変えた。

自分を偽っていたのは、そうしなければならなかったからだった。一夜限りの名前も知らない人に恋をし、彼なしでは二度と完全な自分には戻れないなどとは誰にも言えなかった。

「あの夜は生徒たちが私を変身させてくれたの」ベアトリスはおずおずと話し出した。「あの子たち、どうかしていたんでしょうね。ふざけて校長の私を着飾らせて、外出するよう勧めたの。どこかでワインを一杯飲んで、一時間ほど別の自分を楽しんでから戻る以上のことをするとは思ってもなかった」

そんな告白をするのも警戒するべきだったけれど、チェーザレが彼女の長い髪の重さやつやを確かめていたせいで、ベアトリスは気づかなかった。

「あの日、僕は仕事でヴェネツィアに来ていた」しばらくして彼が口を開いた。「年が明けたらそろそろ次の段階に進もうと決めて、僕の基準に合うふさわしい女性を見つけたと思っていた。すべてが意図したとおりだったよ。そんなとき、君に出会ったんだ。君の存在は僕の結婚の意思を燃やしつくしてしまった」

　ベアトリスはチェーザレの顔を見つめた。そこにあったのはあの夜と同じ激しさだった。今でも忘れられないものを目のあたりにしていた。

　いつも彼女の中と、チェーザレの中で燃えているものを。

「最初のうちはあなたの名前を知らなくてよかったと思ってた」ベアトリスは新たな告白を始めた。「おかげであれは現実じゃない、夢だったと考えられたし。あの夜のことは永遠に胸に秘めておくつもりだった。でも生理がとまって妊娠検査薬を使ったら、予想どおりの結果が出たの」

「僕は君をさがしたんだ」彼が不機嫌そうに、言いにくそうに言った。「目が覚めて君がいなくなっているのに気づいて、あちこちさがしまわったよ。だが真っ赤なドレスを着た、ひと目見ただけで男を虜（とりこ）にする魅惑的な女性を見た者は一人もいなかった。まさか、君が変身した姿とは思いもよらなかったな」

「私、ここに来る前にあなたの写真を見たことがなかったの。ヴェネツィアで出会った男性とマッテアにかかわりがあるとは思いもしなかった。もしあなただと知っていたら、トスカーナへは来なかったわ。赤ちゃんが生まれたらヴェネツィアへ行って、あなたをさがすつもりではいたけれど」

「だが君は今、ここにいるんだよ、かわいいふくろうさん」

　チェーザレが長く深くゆっくりとキスをし、ベアトリスは言うつもりだった言葉を忘れた。

　両手と両脚をマットレスにつかされ、顎をとらえられた彼女は、後ろからふたたび唇を奪われた。欲望の中心を刺激されたときは、軽く意識を失った。

　ひょっとしたら、チェーザレだけが導ける官能の星空へ旅立っていたのかもしれない。

　同じことは何度も繰り返された。チェーザレが隣で美しい体を伸ばしている間、ベアトリスは荒い呼吸を整えながら思った。想像以上のひとときだった。もうじゅうぶんだ。いいえ、じゅうぶん以上とさえ言っていい。

　そうでなくちゃ。

　けれど、本当は泣きたい気分だった。

　ベッドから転がり出たチェーザレがベアトリスをかかえあげ、シャワーに連れていって体を洗った。おかげで二人とも同じ石鹸の香りがした。たぶん何度目かにのぼりつめたとき、私は泣いていたのだろう。

　熱い蒸気が立ちこめる中、彼の手を感じながら二度と会えないというようにキスをしたときも涙を流していた気がする。

　浴室から出ると、チェーザレはTシャツとスウェットパンツを身につけた。それから必要以上に時間をかけて、頬を染めて恥ずかしそうにしているベアトリスにバスローブを着せた。

　彼女は危うくチェーザレを引きよせ、ある言葉をささやくところだった。直前で喉につかえたが、どうにか口をつぐんだ。

　チェーザレはあっという間にすべてを受け入れたけれど、愛については口にしていない。

　愛されずに赤ん坊を育てるなど、ベアトリスには考えられなかった。そんなことをするつもりはなかった。両親が遺してくれた唯一の贈り物、最高の宝物が愛だった。このキアヴァリ邸で家庭教師を務めながら、彼が自分に気づいてくれるのを待つ間、胸の奥にあったただ一つのものだった。

　ベアトリスの人生にほかの男性はいなかった。これからもそうだろう。

　彼女はその事実を、チェーザレと再会するずっと前から受け入れていた。彼こそが生涯ただ一人の男性だった。

とはいえどれだけ勇敢になれたとしても、ベアトリスはチェーザレに愛の告白をする気にはなれなかった。自分の気持ちを伝える勇気はなかった。

チェーザレはデートのあとのように、ベアトリスを屋根裏部屋まで送り届けた。小さな部屋のドアの前に立ち、彼女を見つめながら手の甲で顔をなぞる。

ベアトリスは思った。これでじゅうぶんだわ。そう思わないと。

頭を低くしたチェーザレが唇を重ね、官能の星空と熱い光のかけらが脳裏を駆け抜けたとき、ベアトリスは自分なら耐えられると思った。

本気でそう信じていた。

しかし次の瞬間、廊下の奥から喉を絞められたみたいな小さな悲鳴がして、チェーザレが顔を上げた。

二人が振り向くと、階段をのぼりきったところにショックを受けて青ざめたマッテアがいた。

「狙いはチェーザレだったのね」ベアトリスに傷ついたまなざしを向け、少女が小さな声で言った。「全部、彼のためにしたことだったんでしょう？私のためなんかじゃなく」

「いいえ、私はあなたのためにここに来たのよ」ベアトリスはどうにか否定した。本心からの言葉だった。

「マッテア――」チェーザレが口を開いた。

だが少女は異父兄にも、深く裏切られたという表情を向けた。「あなたは私のことなんかどうでもいいのよ。ほかの人と同じか、もっと悪い。ほかの人は私をだまさなかったもの」怒りに任せて息を吸う。「あなたたち二人とも大っ嫌い！」

そして向きを変え、足音も荒く階段を駆けおりていった。

10

のちにチェーザレはさまざまな理由から自分を責めたが、中でもいちばんの後悔はマッテアへの最初の反応が驚きだったことだった。

文字どおり、彼は凍りついていた。

そしてベアトリスと顔を見合わせた。

「あの子を追いかけて」彼女がうわずった声を震わせて言った。

なぜそう言われなければ動けなかったのか、チェーザレにはわからなかった。異父妹からあれほどの苦悩をぶつけられてどうすればいいのか見当もつかなかったが、そんなことはどうでもよかった。

彼は階段を駆けおりながら、少女が行きそうなところに頭をめぐらせた。

二つ目の後悔は、マッテアがドアの前に椅子やテーブルでバリケードを作って部屋に閉じこもるだろうと予測したことだった。チェーザレは記録的な速さで階段を下りたあと、異父妹の部屋へ行ったが、そこに少女はいなかった。

外に出て大邸宅の正面にまわりこんだときには、時すでに遅しだった。

長年車に興味を持っていたものの、運転をするには幼すぎるマッテアが、庭師が使うカートの一台に乗りこみ、砂埃(すなぼこり)を立てながら去っていく。

異父妹は葡萄(ぶどう)畑をめざしていた。曲がりくねった道を進んで丘を下り、中世から存在する小さな村々へ入ったあとはフィレンツェへと向かうつもりだろう。

彼は使用人にＳＵＶ車のキーを持ってこさせてあとを追った。

丘をのぼったり下ったりしているうち、マッテアは異父兄が自分を追ってきているのに気づいたらしい。少女はカートの速度を上げつづけ、それがうまくいかないとますます無謀な運転を始めた。

チェーザレは引き返したほうがいいのだろうかと考えた。そうすればマッテアも、もともと速度を出すために造られていないカートでの乱暴な運転をやめるのでは――。

そのときだった。

マッテアがあまりにも急な方向転換を試みた。チェーザレはカートが舗装されていない車道の石にぶつかって宙に舞い、異父妹が放り出されて顔から地面にたたきつけられるのを恐怖の目で見た。

駆けよっても、少女はぴくりとも動かなかった。

それからはすべてが、アドレナリンと自己嫌悪の中で過ぎていった。チェーザレはできる限りそろそろとマッテアを抱き起こした。医者でもない彼がそんな選択をするのが危険なのはじゅうぶん承知していた。異父妹が頸椎に損傷を負っていないとは断言できないからだ。

しかしチェーザレはとにかくマッテアを抱きかかえて自分の車に乗せ、半狂乱のまま電話で助けを呼びながらキアヴァリ邸へ戻った。

大邸宅に着くとマッテアを部屋へ運び、ベッドに慎重に寝かせて、呼んでおくよう指示した医者が到着するのを待った。そのためにヘリコプターを迎えにやらせていた。

「少し下がってもらえるかしら？　私にもマッテアを見せて」ベアトリスが不自然なほど穏やかな声で話しかけてきた。うるさいくらい脈が打っていたが、彼女がおおぜいの生徒たちを見てきたことを思い出し、チェーザレは脇にどいた。

悪いのは彼女ではない。マッテアが非難したように、問題は僕だったのだ。

「息はあるわ。弱いけど、脈もちゃんとある」ベアトリスが顔をしかめた。「血も出ていないし、見る限り骨折もしていない」

それでもチェーザレは希望を抱けなかった。返事をする気にもなれなかった。

彼は異父妹のベッドのそばに立ち、どうしてこんなことになってしまったのだろうと考えた。僕はいつでも自分の立てた計画に従って生きてきた。その実行のためなら手段は選ばなかった。

完璧な男であることが誇りだった。

しかも、異父妹を含むなんの罪もない人々を期待に応えられない人間として見下しさえしていた。すべては偽り、己のエゴを満足させたいだけの愚かな行為だった。

本当の僕はヴェネツィアで避妊もせずに一夜限りの関係を持った、自制心に欠ける男だった。それにプロポーズをしたかどうかはともかく、婚約も破棄した。息子が魅力的だと思った女性と結婚前に子供をもうけたと聞いたら、父親はその女性をさげすんだに違いない。ヴィットリオ・キアヴァリが妻に対して激怒したのも、心の底にそういう価値観があったからではないだろうか？　父親は女優だった妻を下に見ていた。それゆえ彼女を意のままにできないのが我慢できず、激怒したのだ。

しかし今はどうでもよかった。チェーザレは異父妹の身を守ることに対して大きな責任があった。

役立たずの父親からマッテアを引き離したときに、その目標は達成できたと思っていた。だが、そうではなかった。

僕は肝心なところで失敗した。マッテアが怪我(けが)をしたのは僕のせいだ。

この子を失うと思うと、ベアトリスとおなかの子を失うのと同じくらいつらくてたまらない。

やってきた医療チームは手際よく動いた。マッテアを診察すると、小さな切り傷や打撲の手当てをし、重傷かどうか調べて結論を出した。

彼らの予想では命に別状はないということだった。だが念のため、マッテアが目を覚ますまで待ちたいという。

「では、我々にはかまわないでくれ」まだ安心することができず、チェーザレはつぶやいた。異父妹が目を開け、本当に無事だとわかるまでは無理だ。「来てくれたことには感謝するよ」

部屋にいる全員に出ていくよう促したつもりだったのに、ベアトリスは残っていた。だが、彼はなぜか驚かなかった。

「妹と二人きりにしてくれないか」不機嫌そうに言う。

彼女はチェーザレのほうを見もしなかった。「いやよ」

彼は家庭教師をにらみつけた。そうするほうが気分がよかった。今は誰でもいいから責めたかった。

しかしベアトリスは唾をのみこみ、マッテアを見つめるばかりだった。「チェーザレ、この子は明らかに私たち二人に裏切られたと思っていたわ。だから私はそばを離れない。マッテアが目を覚ますまではね」

チェーザレは無意識のうちに部屋を歩きまわりながら髪をかきむしっていた。「これは僕の責任だ。自分がなにをしなければならないか忘れるべきじゃなかった。マッテアから目を離してはならなかったんだ」

ベアトリスは期待したような反応を示さず、彼は言い争いをしたくてしかたなかった自分に気づいた。分別があったら、彼女のせいにしたがっているのもわかったはずだ。だが自分の問題だとわかっていながら彼女に責任があるふりをするのは、ただの弱さでしかない。

すべては僕の弱さが元凶だった。

ヴェネツィアのワインバーでベアトリスを見て、身を乗り出したのは僕だった。ダンスに誘ったのも、ホテルに誘ったのも。

落ち度があるとすれば、それは僕のほうだ。

ずっと、これから先も、責任は僕にある。

「妹が目覚めたら」チェーザレは彼らしくもない声で切り出した。声はあまりにも不安定で不明瞭で荒々しかった。「僕は必ずこの子がなにも望まずにすむようにする。どんな要求も聞いてやるつもりだ。もうなにも起こらないように——」

「私に考えがあるの」ベアトリスがチェーザレの言葉をさえぎった。めったにじゃまされることがなかったのでどうすればいいのかわからず、彼は口をつぐんだ。彼女がまっすぐな視線をチェーザレに向ける。「あなたはなぜ妹を愛そうとしないの？　そうすることを、今後はキアヴァリ家の代わりに大切にしたらどう？　マッテアが目を覚ましたら、抱きしめてこう言ってあげて——愛してると。ほら、すごく簡単でしょう？」

もしそうすることが簡単だったなら、今チェーザレの心の奥に地殻変動のような現象は起こらなかったはずだ。

「君は冷静でいられなくなっている」彼はなんとか言葉を口にした。「僕たちの間に情熱があるのは否定しない、ベアトリス。だが、君は僕の世界を知らない。マッテアと僕はこの世界で生まれ育ったからよく知っているんだ。子供じみたアドバイスはいらない——」

「子供じみた？」ベアトリスが声を荒らげて同じ言葉を彼に投げ返した。まるで叫んでいるかのようだった。「ヴェネツィアで情熱的な一夜を過ごしたあと、ほかの女性とつき合って婚約しようと決めたのは私じゃないわ。髪型が違っていて眼鏡をかけているだけで、あなたは私が誰なのかわからなかった。チェーザレ、どうしてあなたのように聡明で権力も持っている人が、そんなひどく間抜けな間違いをしたの？」

チェーザレは自分の中でなにかが爆発したかと思った。そして、そこらじゅうにそのなにかの破片が飛び散るのを感じた。彼はそういうとき、どう対処すればいいか知っていた。ずいぶん前から父親のように嫉妬にくるわないために、胸の奥に押しこめて無視してきた。

だが、ばらばらになったものがもとに戻ることはなかった。

「僕は、人前に出るといつも自分たちが愛し合っていると話す両親に育てられてきた」気づくと、彼は目を覚まさない異父妹の向こうにいるベアトリスに向かって大声で返していた。「だが家ではいがみ合ってばかりの、有害な二人だったんだ」

「人は完璧な存在じゃないわ、チェーザレ」彼女が言い返した。「過去にも未来にも、そんな人は一人もいない。人とは厄介な生き物だわ。間違いを犯したり、取り返しがつかなくなるほど傷つけ合ったりする。許してほしくても、いつも許してもらえるとは限らない。望めるのは愛する人々を一生懸命に、最善を尽くして愛することくらいなの。自信を持ってできるのはそれだけなのよ」

「ベアトリス」懇願するように、チェーザレの口から彼女の名前がこぼれ出た。「君の望むものはなんでも与える。子供も何人でもつくろう。本当に欲しいものが家族なら、それをあげるよ。だが、愛の話はしないでほしいんだ。絶対に」

すると、ベアトリスが打ちひしがれたような顔をした。まるで彼女こそがもろく壊れやすいカートから放り出され、地面に顔からたたきつけられたかのようだった。

そういう光景が頭に浮かび、チェーザレの心の一部が壊れた。

しかし、その心を修復する方法がわからなかった。どんなに裕福でも、どんなに権力を持っていても、目の前の事態を一つも解決できないのが恐ろしかった。

〝あなたはなぜ妹を愛そうとしないの？〟ベアトリスは言った。

気丈で強い心を持つはずの彼女は今、震えていた。マッテアのベッドの向こう側に立つ家庭教師をそんな目にあわせたのはチェーザレだった。彼が傷つけたせいだった。

チェーザレは心の底からベアトリスのそばへ行きたかった。彼女に惹かれる気持ちは強烈で、体が真っ二つになりそうだった。

しかし、現実には体になんの変化もなかった。チェーザレは深呼吸をしたが、状況は相変わらずだった。もう一度同じことをする彼を、ベアトリスはただ見つめていた。三回目の深呼吸をしてもマッテアは目を覚まさず、ベアトリスはチェーザレに変わってほしいというような顔をしていた。

チェーザレは自分から動くことができなかった。彼を見つめるベアトリスが、ますます悪夢を見ているに近い表情になっていく。

映画の中でも笑っただけでまわりを明るくしていた、現れるだけで部屋の雰囲気を一変させていた僕の母親ですら、こうやって自尊心をなくしていったのだ。問題は時間がたつにつれて、次から次へと立ちはだかった。その一つ一つが、母親が信じたかった男たちによってもたらされた。

ベアトリスに説明しようとチェーザレは口を開いたものの、舌がうまく動かなかった。代わりに手を振りまわしたが、伝えたいことは伝えられなかった。自分にはかかわるなと、彼女に警告したかったのに。

ベアトリスの視線がさらに好ましくないものに変わった。あれは同情か？

「いくらあなたでも、妹が傷つかないようにすることはできないわ」彼女は静かに話し出した。「マッテアがあなたに求めているのは、あなたが今日部屋にやってきて与えたものだったのよ。ただこの子を愛してあげて、チェーザレ。妹のことを大切に思って一緒に過ごしてあげてちょうだい。そうするだけでいいの。それがマッテアに限らず、人が望むことだから。愛と時間が与えられていて、その二つはこれから先もっと増えるという希望をこの子に与えてあげて」

「この世にあるものはなんでも君に与えるよ」なんとか絞り出した声はかすれていた。「だが、その二つは約束できない」

「約束したくないんでしょう？」ベアトリスが訂正してわずかに姿勢を正した。それから喉を上下させた。「でも、私の赤ちゃんをマッテアと同じ目にあわせるわけにはいかないわ」

チェーザレはその言葉に衝撃を受けた。「僕は二人とも大切(ケア)にするつもりだ。必ずね。どうしてそれを疑う？」

ベアトリスの目にはチェーザレの気に入らない光がたたえられていた。「あなたになにかしてもらおうとは思わない。世話(ケア)なら児童養護施設でもされてきたの、チェーザレ。私と同じ立場に追いやられた、たいていの人たちよりもね。でも、私が欲しいのは愛なのよ。この子のために、断固として求めるわ」

そこまで言うと、ベアトリスは自分でもショックを受けたようだった。チェーザレは打ちのめされて彼女を見つめるしかなかった。

ベアトリスがさらに続けた。「私は愛が欲しいの。それが得られないなら、私たちのことは放っておいてほしい。私の望みは本当の家族なのよ、チェーザレ。この子にそれ以下のものを与えるわけにはいかない。この子には生涯、家族の愛を覚えていてほしいの。そう願うのは欲張りじゃないと思う」

ベアトリスを思いとどまらせるためなら、チェーザレはどんなことでもしたかった。だが、実際はできなかった。舌がうまく動かなかったのだ。マッテアがまだ目を覚まさないのは彼のせいだった。今日、僕はマッテアにできる限りの気持ちを伝えようとした。すると我が子の母親は目の前に立ちはだかり、僕には与えられないものを求めてきた。

すべてがうまくいかず、チェーザレは途方にくれていた。しかし、そこから抜け出す道は見えなかった。

ベアトリスが視線を下へやった。今の彼女はきちんと服を着ていたが、眼鏡をはずしていた。だが、髪は後ろでいつもよりゆるく束ねている。やわらかな髪が顔を縁取っているのがよく似合っていた。

この状況ではなにかの贈り物にすら感じられた。

だからなのか、ベアトリスがいつもと変わらない歩調でドアに向かったとき、チェーザレは目を閉じて天を仰いだ。

どういうわけか、苦しい喉からひと言だけ言葉がこぼれた。「行くな」

彼女がドアを開ける音が聞こえないと、チェーザレはもう一つ言葉を口にしようと全身の力を振り絞った。もっとも重要な、めったに口にしない言葉を。

そうするしかないのだ。このチェーザレ・キアヴァリが懇願するしか。

できるとは思えなかったが、彼は口を開いた。

そしてベアトリスのために、かろうじてやり遂げた。「頼む」

11

ベアトリスは心の痛みを知らないわけではなかった。

しかし、今回の痛みは想像を超えていた。

亡くなった両親は私と離れたくなかったはずだ。生きていられるものなら生きていたかっただろう。事故で娘と離れ離れになどなりたくなかったに違いない。

でもチェーザレの言葉を聞いて、私は離れようと決めた。そのほうがいいと思った。

私はチェーザレを愛していることをやっと認めたのに、彼は私の心を引き裂いた。最悪なのは、チェーザレをよく知っているからこそ、彼が軽々しく決断したわけではないとわかっていたことだった。

この人は自分の言ったことを本気で、心から信じている。愛とは危険な毒なのだと。

どれだけ私がキアヴァリ邸にいても、チェーザレが私を愛することは絶対にない。

考えもしないはずだ。

それならチェーザレから離れるしか、ほかに方法はなかった。

ベアトリスは振り返ってチェーザレを見た。「どうか理解して。私の両親は、私が幼いころに亡くなった。そのあとは大変だったけれど、両親が私を愛してくれていたことはずっとわかっていた。そこには大きな意味があるの」ベアトリスは震える息を吸いこんだ。「児童養護施設にいたほかの子供たちにはなかったものが、私にはあった。闇夜を照らすろうそくみたいな愛が。あなたはどうでもいいと思うかもしれない。けれどそんなふうに思うのは、あなたにはささやかな希望なんて必要なかったからだわ」

「愛を与えられないと言ったからといって、それが……」しかし、チェーザレは言葉を続けられなかった。あらためて口を開く。「ベアトリス……ヴェネツィアの夜、君は僕をめちゃくちゃにした。わかっているはずだ」

彼女はその言葉に衝撃を受けた。チェーザレのまなざしの中には、まさにあの夜の名残があった。そのことに気づくと、息が荒く速くなった。

自分の言葉を撤回するのはあまりにも簡単だった。なぜなら、ベアトリスは彼が与えてくれるものならなんでも欲しかったからだ。夏の間、キアヴァリ邸に滞在していたこと自体が証拠だった。しかし今の彼女は髪を下ろし、本当の気持ちを明らかにしていた。

もう二度と自分を偽ることはできなかった。

もし次にそんなまねをしたら、私は死んでしまうかもしれない。

「僕は手を尽くしてさがしたのに、君はどこにもいなかった」チェーザレが言った。「僕は欲しいものは必ず手に入れる男だ。ずっとそうしてきた。しかし、君は見つからなかった」

彼はまだベッドの脇に立っていたが、体はドアのほうを向いていた。そして、今まで見たこともない顔をしていた。なんて険しい表情だろう。なにもかもはぎ取られたかのような、なにかに取りつかれでもしているかのような表情だ。

チェーザレの顔には悲しみがむき出しになっていた。

なぜなら、今日はその感情の原因となる出来事があったからだ。年老いたチェーザレの父親や、間違った選択ばかりしていた母親ではなく、目の前に無限の可能性が広がっているはずの十五歳の異父妹が、命を奪われそうになっているせいだ。

そもそもマッテアがカートで暴走したのは自分のせいだと知りながら、チェーザレは事故が起こるのを防げなかった。

「君を忘れなければならないのはわかっていた」彼は話しつづけていた。「だが僕にはできず、毎夜君の夢を見たよ。夢を見ているだけでは前には進めないのに。それに君はキアヴァリ家のことをあまりよく思っていないかもしれないが、僕はそれだけが大事だと信じて育ったんだ」かぶりを振る。「ただ一つの重要なことだと」

「私にとってあなたは大事な人よ、チェーザレ」ベアトリスはささやいてベッドを指さした。「マッテアも大事な子だわ」そして手をおなかにあてる。「それにこの子もね。それがあなたにとっての財産なのがわからない？」

チェーザレがやめろというように手を上げかけた。

しかし、とめる言葉は口から出てこなかった。

「ベアトリス、僕の行動にはそうするだけの理由があったんだ。君にはさっきからそれを伝えようとしている。死ぬ前、父が僕のために立ててくれた計画に従っていたんだ。僕は——」

「なぜ？」ベアトリスはチェーザレの言葉をさえぎった。「お父さまは人にアドバイスする前に、自分の問題を解決するべきだったんじゃないかしら」

一瞬、彼女は言いすぎたと思った。彼は私の言葉にひどく傷ついたかしら？　それとも、屈辱に打ちひしがれた？

しかし、チェーザレが続けた。「情熱的になれると僕に教えてくれた女性を手に入れられないなら、長い間注意深く築きあげてきた世界を壊した女性を見つけられないなら、長椅子かドレッサーと結婚したほうがましだと思える女性を選ぶしかないじゃないか？　それが結婚という問題に対する僕の考え方だった。そのことはわかっておいてくれ」

　ベアトリスは自分が息をつめていることに気づいた。息をするよう促しても、実際にできているのかどうか自信がなかった。

「それから、君がキアヴァリ邸に現れた」かぶりを振ったチェーザレは信じられないような、不思議だというような顔をしていた。そこにいらだちはなかった。「いまいましい君は羽をふくらませたふくろうみたいな格好をして、先祖代々受け継いできた僕の大邸宅をのし歩き、あれこれ指図した」

「『ふくろう』」彼女は繰り返した。「あなた、何度もそう言っているわね」

「眼鏡のせいだ」チェーザレが低い声で言った。「その眼鏡が大嫌いなのに、僕は気づくと、かわいいふくろうのせいで落ち着きを失っていた。君は妹をおとなしくさせておくために来たくせに、僕は自分が責められているようだと思ったんだ」彼が震える手で髪をかきあげた。「どれほどの異常事態だったか、君には理解できないだろうな。僕は君が気になってしかたなくなり、決して抱いてはならない執着を抱きはじめたんだよ」

「なんておやさしい言葉をくれる人なのかしら」ベアトリスは冷たく言い放った。「私、天まで舞いあがりそうだわ、チェーザレ。本当よ」

「その言葉を聞いても、どうして僕は怒らないんだろう？　ベアトリス、君みたいな話し方を僕にする者はいない。僕の不愛想で、手に負えない妹を除いてはね。みなが言うには、大人になればこの子のそういうとげとげしい部分もなくなるそうだ。なのに、君は違う」

「チェーザレ、子供というのは私たちが教えない限り、己の愚かさには気づかないものなのよ」ベアトリスは相変わらずしかめっ面だった。「あなたにとっては、まだ我慢しなければならない段階なのかもしれないわね」

「僕は我慢とは無縁の男だった」その声はチェーザレらしくもなく不安定で、まるで冷静さをすっかり欠いているかのようだった。「僕はチェーザレ・キアヴァリだ。どんな立派な男たちでも僕の前では震えあがり、女性たちは僕の関心を少しでも引こうと躍起になる。なのに君は……君は僕の家に住んでいながら、僕を追いかけまわしたりしなかった。しかも服で自分の美しさを隠していて、僕とかかわりを持とうとしなかった」

「チェーザレ――」ベアトリスは口を開いたが、彼は無視した。

「これまでは、ヴェネツィアで出会った女性を見つけられないことを最悪だと思っていた。だがあの夜を思い出していれば、もう君を見つけられない、君なしで生きていかなければならないという思いに耐えられた。なのにベアトリス、君はまたしても僕から離れていくつもりなんだな」

「だって、そのほうがいいから」ベアトリスは小さな声で訴えた。「そうするほうがずっといいもの」

二人はまだそれぞれの場所に立ちつくしていた。ベアトリスはドアの前から動けず、チェーザレも一歩も離れられないというようにベッドに横たわるマッテアのそばに釘づけになっていた。まるで運命という力強い二本の手が二人を引き裂きながらも、ベアトリスがドアを出ていくことを許さないかに見えた。

「君にまた置き去りにされるなど耐えられない。僕は君のすべてが欲しい。もちろん、おなかの子供もだ。僕の恋人に、妻になってほしい。そしてなにもかも手に入れたい。だがそのことと、これまでの自分――人生をかけて追い求めてきた理想像と、どう折り合いをつければいいのかわからないんだ。それでもベアトリス、君を見ていると、僕の義務に意味があるとは思えない。ずっと求めているただ一人の女性を失うくらいなら――」

「ああ、もう」生意気そうで嫌悪感に満ちた、うんざりした声がベッドから聞こえ、ベアトリスの目から涙がこぼれた。マッテアが目を覚まして異父兄をにらみつけていた。「あなたはミス・ヒギンボサムを愛しているのよ、チェーザレ。それとさっきから失礼よ。死にかけてる私の横で大声を出すなんて」

「あなたは死にかけてなんかいないわ」ベアトリスが涙を流しながらベッドに近づいた。「あなたは死なない。よかったわ、無事で。あなたを失うなんて耐えられないもの。私、きっと目を覚ますと信じていたのよ。意識を取り戻した以上、あなたはひどい頭痛に悩まされるでしょうけど」

「最低」マッテアがうめき声をあげた。

ベッドのそばに戻ってきたベアトリスをチェーザレは引きよせ、二人でマッテアを見つめた。それからベアトリスにも視線を向け、手を伸ばして親指を彼女の片方の目の下に、そしてもう一方の目の下へすべらせて涙をぬぐった。

「僕は君を愛していると思うんだ、かわいいふくろうさん」チェーザレは静かに打ち明け、異父妹を見た。「マッテア、おまえが小さくて真っ赤な顔で泣いていたころから、ずっと愛していたよ。一瞬でも疑わせてしまってすまなかった」

マッテアは感動するどころか、ばかにしたようなしかめっ面をしていた。

「〝愛していると思う〟なんて言わないでよね」少女が精いっぱい嫌味っぽく言った。「ただ〝愛している〟でいいのよ」

楽に優雅にとはいかなかったものの、チェーザレは心をこめて異父妹の言葉に従った。

12

マッテアがすっかり回復し、三人で散歩に出かけるようになったとき、ベアトリスは異父きょうだいに自分たちの生い立ちや気持ちを正直に全部話すよう強く訴えた。

「そんなの、やりたくない」マッテアが不満をもらした。

「同感だな」チェーザレも言った。

ベアトリスは家庭教師らしいほほえみで応えた。

「すばらしい反応だわ。今後はそうすることをキアヴァリ家の掟（おきて）としましょう」

チェーザレとベアトリスがアメリカの有名な演技の集中レッスンを見つけてくると、マッテアは不平をもらし、二人にいじめられているふりをしつつも出発した。少女はそんなレッスンはばかばかしいし、絶対にいやになると断言したが、約束の一週間が終わって帰国する日がきても戻ってこなかった。そして、夏の間じゅうレッスンを受けつづけた。

マリエルがどこかの国の王族と結婚するまで、メディアはチェーザレの婚約破棄について騒ぎどおしだった。暑くて甘くて長い夏、今も報道合戦はおさまっていなかった。

それでも、チェーザレは生まれて初めて生きている実感を味わっていた。夜になるたび、彼はベアトリスをベッドへ連れていき、自分の中にあるありったけの情熱を彼女にぶつけては毎朝一緒に目覚めていた。

「もしこれが執着なら」チェーザレと一つになっているとき、ベアトリスはささやいた。「私もあなたと同じだわ」

彼女はチェーザレにつき添われて医師の診察を受け、弁護士が要求する検査も残らず受けた。その結果、男の子が生まれるとわかった。

「僕は自分が育ったように息子を育てたくない」ある夕暮れ、太陽が金色に輝くテラスでチェーザレが告白した。「どうしてもいやなんだ」

「じゃあ、別の育て方を考えましょう」ベアトリスはすぐに同意した。

夏が終わりに近づいたある夜、チェーザレが父親の手紙をベアトリスに読んで聞かせた。二人は話し合った末に、人は完璧でなくても有益な忠告はできる、しかしその忠告を全部受け入れなくてもいい、という結論を出した。

チェーザレは手紙を丁寧に折りたたみ、古めかしい封筒に入れて、父親の肖像画の裏側に隠した。これなら読みたいときにいつでも見つけられる。

だが、そんなときがくるとは思えなかった。

集中レッスンから戻ってきたマッテアは、明るく幸せそうだった。アヴレル・アカデミーとは違う学校に通い出す前、少女はベアトリスだけに、前みたいな問題児でいないためにはどうすればいいのかわからないと打ち明けた。

ベアトリスは言った。「やりがいのある役だと考えるのはどうかしら」

どういうわけか、チェーザレは異父妹の心配をしていなかった。演技でも才能を開花させると確信していた。

九月になってマッテアが学校に行きはじめ、初めての舞台稽古に参加していたころ、彼はベアトリスとヴェネツィアを再訪した。

今回は、夏の間に購入しておいたプライベートホテルに宿泊した。二人は運河のそばを歩き、サン・マルコ広場で抱き合った。ベアトリスはトレヴィの泉の言い伝えにならって、楽しそうにコインを噴水やそのほかの場所に投げ入れた。

「必ず愛する人たちや場所に戻ってこられるようにね」彼女はチェーザレに言った。

　ある夜、美しい街の橋の上で、ストリートミュージシャンが奏でる音楽に合わせてベアトリスと踊っていたとき、チェーザレは一歩後ろに下がって片方の膝をついた。それから彼女を見つめ、祖母の指輪をしかるべき指にすべらせた。

「僕のかわいいふくろうさん、僕の宝物（ミ・テゾーロ）、全身全霊で君を愛している。どうか僕と結婚してくれないか？」

　ベアトリスは承知し、二人は結婚した。式は大がかりでも、華やかでもなかった。村の司祭と地所の古い礼拝堂、にこやかなミセス・モース、立会人のメイドのアメリアとマッテアが見守る中、彼らは粛々と誓いの言葉を述べた。

　葡萄（ぶどう）畑を歩いて壮麗な大邸宅へ戻る間、チェーザレはようやく気づいた。愛する人たちがいなければ、キアヴァリ邸はただの家、ただの空間にすぎないのだと。

　愛する人たちこそ家の、自分の心臓なのだと。

　ベアトリスは夫に愛し方を教えるだけでなく、自分でも実践した。チェーザレに愛を返し、毎日愛をささやいた。

　妻にふさわしい愛を与えるために、チェーザレは惜しみなく努力した。おかげでベッドをともにするとき、ベアトリスはたいてい目を驚きと喜びに大きく見開くことになった。

　彼は妻がずっと欲しかった大家族も与えた。

　マッテアのことも娘同然に愛した。結婚した年に生まれてきた黒髪と金色の瞳を持つ息子を見たときは、心を大砲に打ち抜かれたような、予想を超える衝撃を受けた。

「愛がこんなものだとは思わなかったよ」彼は我が

子を抱きながらささやき、奇跡としか思えない妻を見つめた。「だが、君は知っていたんだな」

「これからは大きくなる一方よ」ベアトリスが約束した。

そしてたいていのことと同じく、彼女の言葉どおりになった。

何年もかけて、二人はさらに七つの小さな命をもうけた。どの子も厄介で、こだわりが強く、やんちゃで、いたずら好きで、完璧だった。

十年後、二人はお気に入りのテラスに座っていた。今はプロの舞台俳優となったマッテアが、子供たちを指導してミュージカルを上演するのを、夫婦でにこやかに見守る。

見渡す限り、トスカーナは美しく光り輝いていた。しかし、チェーザレにとって本当に必要な存在はベアトリス一人だった。だから彼女に触れていなくても、二人を結びつけている絆（きずな）を感じることができた。

鋼でできた橋のように強い、決して切れることのない本物の絆を。

本当の財産とはこれだ。年月とともに増すこの愛、二人で築いた家族、一緒に笑うことなのだ。

暗闇を照らすどんなろうそくよりもはるかに明るい愛に、僕は一度、背を向けそうになった。

毎日、毎年、二人の輝ける愛は空のように果てしなく広がり、必ず訪れる夜明けのように確固たるものとなっていった。

この愛が永遠に続くのは自明のことだった。それが夫婦の、唯一にして最大の計画だった。

名もなきシンデレラの秘密
2024年6月5日発行

著　者　ケイトリン・クルーズ
訳　者　児玉みずうみ（こだま　みずうみ）

発行人　鈴木幸辰
発行所　株式会社ハーパーコリンズ・ジャパン
東京都千代田区大手町 1-5-1
電話 04-2951-2000（注文）
0570-008091（読者サービス係）

印刷・製本　大日本印刷株式会社
東京都新宿区市谷加賀町 1-1-1

ISBN978-4-596-77656-3 C0297

ハーレクイン・シリーズ 6月5日刊 発売中

ハーレクイン・ロマンス

愛の激しさを知る

秘書が薬指についた嘘	マヤ・ブレイク／雪美月志音 訳	R-3877
名もなきシンデレラの秘密 《純潔のシンデレラ》	ケイトリン・クルーズ／児玉みずうみ 訳	R-3878
伯爵家の秘密 《伝説の名作選》	ミシェル・リード／有沢瞳子 訳	R-3879
身代わり花嫁のため息 《伝説の名作選》	メイシー・イエーツ／小河紅美 訳	R-3880

ハーレクイン・イマージュ

ピュアな思いに満たされる

捨てられた妻は記憶を失い	クリスティン・リマー／川合りりこ 訳	I-2805
秘密の愛し子と永遠の約束 《至福の名作選》	スーザン・メイアー／飛川あゆみ 訳	I-2806

ハーレクイン・マスターピース

世界に愛された作家たち
～永久不滅の銘作コレクション～

純愛の城 《特選ペニー・ジョーダン》	ペニー・ジョーダン／霜月　桂 訳	MP-95

ハーレクイン・ヒストリカル・スペシャル

華やかなりし時代へ誘う

悪役公爵より愛をこめて	クリスティン・メリル／富永佐知子 訳	PHS-328
愛を守る者	スザーン・バークレー／平江まゆみ 訳	PHS-329

ハーレクイン・プレゼンツ作家シリーズ別冊

魅惑のテーマが光る
極上セレクション

あなたが気づくまで	アマンダ・ブラウニング／霜月　桂 訳	PB-386

※予告なく発売日・刊行タイトルが変更になる場合がございます。ご了承ください。

“ハーレクイン”の 話題の文庫

毎月4点刊行、お手ごろ文庫!

5月刊 好評発売中!

Harlequin 45th Anniversary

『白いページ』

キャロル・モーティマー

事故で記憶の一部を失ったベルベット。その身に宿していた赤ん坊をひとりで育てていたある日、彼女の恋人だったという美貌の実業家ジェラードが現れる。

(新書 初版:R-326)

『蝶になるとき』

ダイアナ・ハミルトン

イタリア屈指の大富豪アンドレアに片想いしている、住みこみの家政婦マーシー。垢抜けず冴えない容姿をアンドレアに指摘され、美しく変身しようと決意する!

(新書 初版:R-2155)

『やすらぎ』

アン・ハンプソン

事故が原因で深い傷を負い、子供が産めなくなったゲイルは、魅惑の富豪にプロポーズされる。子供の母親役が必要だと言われて、愛のない結婚に甘んじるが…。

(新書 初版:I-50)

『愛に震えて』

ヘレン・ビアンチン

10代のころから、血のつながらない義兄ディミートリに恋をしているリーアン。余命わずかな母を安心させるために、義兄から偽装結婚を申し込まれ、驚愕する。

(新書 初版:R-1318)

※ハーレクインSP文庫は文庫コーナーでお求めください。

ISBN978-4-596-77656-3

C0297 ¥673E

定価 740円
（本体 673円＋税10%）

家庭教師
それは切

素行の悪い令　　辞める日、
ベアトリスはイ　　頼まれた。
トスカーナの　　雇い主を見て愕然とした。
私がヴェネツィアで純潔を捧げた人が目の前にいる。
恋いこがれた名も知らぬ男性が、実はチェーザレだったなんて。
だが彼の前まで行ったとき、再会の喜びは吹き飛んだ。
この人は私が誰なのか、まったくわかっていない。
野暮ったい格好のベアトリスを一瞥し、富豪は近々結婚すると告げた。
もちろん、花嫁は彼女ではなかった。彼の子を身ごもっていても。

私は王子さまに選ばれなかったシンデレラ。この胸の想いにも、赤ちゃんにも決して気づいてはもらえない……。大スター作家D・コリンズ同様、卓越したストーリーテリングで読者を楽しませるスター作家C・クルーズ。ハーレクインファン納得の大傑作です！

R
3878

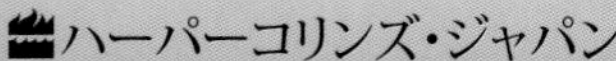

6月5日刊

R-387

Romance

ハーレクイン・ロマ

伝説の名作

伯爵家の秘密

ミシェル・リード

有沢瞳子 訳

ハーレクイン®